Z

Ⓒ

8945

PROTOCOLES:
formulaire des adresses

à

LL. MM. *l'Empereur et l'Impératrice des Français;*

aux Princes et Princesses de la famille Impériale,

aux Grands-Dignitaires,

Ministres et autres grands fonctionnaires

de l'Empire Français.

Précédés

d'une courte introduction à l'art épistolaire,

et suivis

de modèles de lettres sur toutes sortes de sujets et d'autres notices curieuses et utiles.

En français et en allemand.

Par J. J. GILGEN.

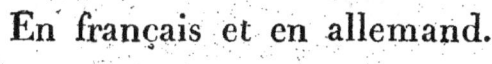

A COLOGNE,
chez HENRI ROMMERSKIRCHEN, Imprimeur-Libraire.
1812.

Landvolke oder bei Handwer-
kern; allein man verzeiht sie
ungerne Personen, welche auf
Bildung Anspruch machen,
besonders wenn diese Sprach-
schnitzer zu grob sind, oder zu
häufig vorkommen.

Von der Convenienz in Briefen.

Das Schickliche (die Convenienz) in Briefen besteht in der
Kunst, den Abstand zu ehren, den
Alter, Geschlecht, Würde und Ge-
walt unter den Menschen einge-
führt haben. Dieselbe besteht darin, daß man nie vergesse, was sie
sind, und was man ist; daß man
wohl berechne, was man ihnen
sagen dürfe, und was man ihnen
verschweigen müsse.

Von dem Ceremoniel in Briefen.

Das Ceremoniel in Briefen
besteht in gewissen Formalitäten,
durch welche man mehr oder weniger die Achtung an Tag legt,
welche man gegen diejenigen Personen hat, an die man schreibt.
Denjenigen, welche mit allen Menschen in Freundschaft leben wollen,
ist es anzurathen, eher zu viel, als
zu wenig Ceremoniel zu beobachten. Eine etwas übertriebene

sonnes de la campagne et
dans les artisans, mais on ne
les pardonne pas aux personnes qui doivent avoir eu de
l'éducation, surtout quand
ces fautes sont trop grossières ou trop fréquentes.

Des convenances épistolaires.

Les *convenances* épistolaires
consistent dans l'art de respecter la
distance que mettent entre les in-
dividus l'âge, le sexe, le rang, le
pouvoir; de n'oublier jamais ce
qu'ils sont, et ce que l'on est, et
de bien calculer ce qu'on peut leur
dire et ce que l'on doit leur taire.

Du cérémonial.

Le *cérémonial* des lettres consiste dans certaines formalités qui
sont les signes du plus ou moins
de respect que l'on temoigne aux
personnes à qui l'on écrit. Je con-
seille à ceux qui veulent bien vivre
avec tout le monde, de pécher plutôt en outrant qu'en omettant. Une
politesse surabondante ne peut nous
faire aucun tort, tandis qu'une politesse oubliée suffit souvent pour

Höflichkeit kann uns nicht schaden; wir können uns aber durch Unterlassung derselben das Herz gewisser Personen abwendig machen. Man krieche nie, und bediene sich keiner niedrigen Schmeichelei; man verabsäume aber nichts, wodurch man sich auf eine erlaubte Art beliebt machen kann.

Von dem Papiere.

Man bedient sich gewöhnlich des Papiers in 4°. Man muß immer zwei Blätter aneinander lassen, es sey denn, daß man an Jemanden schriebe, womit man sehr vertraut ist, oder welcher geringern Standes ist. Es wäre eine große Unhöflichkeit, für eine Person, der man Achtung schuldig ist, nur ein Blatt zu nehmen. Handlungsbriefe machen davon eine Ausnahme.

Von dem Datum.

Das Datum enthält den Ort, von welchem man schreibt, den Tag, den Monat und das Jahr auf folgende Art: Köln, den 1. Mai 1812.

Bei Geschäfts- und Handlungsbriefen wird das Datum oben an, und zwar dem rechten Auge gegenüber geschrieben. Bei Briefen an Leute, welche man hochachtet, oder

changer à notre égard le cœur de certaines personnes. Ne vous humiliez jamais jusqu'à la bassesse, mais ne négligez rien de ce qui est permis pour plaire.

Du papier.

On se sert ordinairement de *papier* in 4°. Il faut toujours laisser les deux feuillets, à moins qu'on n'écrive à quelqu'un qui nous soit très-familier ou inférieur; ne prendre qu'un feuillet pour une personne à qui l'on doit des égards, seroit une impolitesse. Les lettres commerciales en font une exception.

De la date.

La *date* contient le lieu, d'où l'on écrit, le jour, le mois et l'année; en cette manière: Cologne, le 1.er Mai 1812.

La date des lettres d'affaires et de commerce se met en tête vis-à-vis de l'œil droit; celle des lettres écrites à de personnes que l'on respecte ou qui nous sont supé-

1 *

welche vornehmer sind als wir, wird dasselbe unten an die Seite geschrieben, wo der Brief aufhört, und zwar dem linken Auge gegenüber. Das nämliche gilt auch von Bittschriften.

Von der Ueberschrift.

Die Ueberschrift ist der Titel an die Person, woran man schreibt; dieselbe wird bei Briefen oder Bittschriften obenan gesetzt. Dieser Titel ist:

An den Kaiser. *

Zu Seiner Majestät, dem Kaiser der Franzosen, König von Italien, Beschützer des Rheinbundes, Vermittler des Schweizerbundes.

(Unten.)

Sire.

An die Kaiserin.

Zu Ihrer Majestät, der Kaiserin der Franzosen und Königin von Italien.

(Unten.)

Madame.

rieures, se met au bas de la page qui finit la lettre et vis-à-vis l'œil gauche. Il en est de même pour les pétitions ou placets.

De l'inscription.

L'inscription est le titre dû à la personne à qui l'on écrit; elle se place au haut de la lettre ou de la pétition. Ce titre est:

Pour l'Empereur.

A sa Majesté l'Empereur des Français, Roi d'Italie, Protecteur de la Confédération du Rhin, Médiateur de la Confédération helvétique.

(Et plus bas.)

Sire.

Pour l'Impératrice.

A sa Majesté l'Impératrice des Français, et Reine d'Italie.

(Et plus bas.)

Madame.

---

* Bittschriften und Berichte an den Kaiser Frankreichs, die Prinzen des französischen Hauses, so wie an die verschiedenen Staatsbehörden müssen in französischer Sprache abgefaßt seyn. Die Verdeutschung der Ueberschriften dient hier blos zur Vergleichung.

An die Mutter des Kaisers.

An Ihre Kaiserliche Hoheit, Madame, Mutter Seiner Majestät des Kaisers der Franzosen.

(Unten.)

Madame.

Pour Madame Mère.

A son Altesse Impériale Madame, Mère de sa Majesté l'Empereur des Français.

(Et plus bas.)

Madame.

An die Brüder des Kaisers, welche Souveraine sind.

An Seine katholische Majestät, den König von Spanien und Indien, Groß-Wähler des französischen Kaiserreichs.

(Unten)

Sire.

Pour les frères de l'Empereur devenus Souverains.

A sa Majesté Catholique le Roi des Espagnes et des Indes, Grand-Electeur de l'Empire français.

(Et plus bas.)

Sire.

An den König von Westphalen.

An Seine Majestät, den König von Westphalen.

(Unten.)

Sire.

Pour le Roi de Westphalie.

A sa Majesté le Roi de Westphalie.

(Et plus bas.)

Sire.

An den König von Neapel.

An Seine Majestät, den König von Neapel, Groß-Admiral des französischen Kaiserreichs.

(Unten.)

Sire.

Pour le Roi de Naples.

A sa Majesté le Roi de Naples, Grand-Amiral de l'Empire français.

(Et plus bas.)

Sire.

An den Fürsten von Guastalla.

An Seine Kaiserliche Hoheit, den Prinzen von Borghese, Fürsten und Herzog von Guastalla, General-Gouverneur der Departements jenseits der Alpen.

(Unten.)

Gnädigster Herr.

An den Fürsten von Piombino.

An Seine Kaiserliche Hoheit, den Fürsten von Lucca und Piombino.

(Unten.)

Gnädigster Herr.

An den Vice-König von Italien.

An Seine Kaiserliche Hoheit, den Prinzen von Venedig, Vice-König von Italien, Erb-Prinzen des Groß-Herzogthums Frankfurt, und Erz-Staatskanzler des französischen Kaiserreichs.

(Unten.)

Gnädigster Herr.

Pour le Prince de Guastalla.

A son Altesse Impériale le Prince de Borghese, Prince et Duc de Guastalla, Gouverneur-général des Départements au-delà des Alpes.

(Et plus bas.)

Monseigneur.

Pour le Prince de Piombino.

A son Altesse Impériale le Prince de Lucques et de Piombino.

(Et plus bas.)

Monseigneur.

Pour le Vice-Roi d'Italie.

A son Altesse Impériale le Prince de Vénise, Vice-Roi d'Italie, Prince héréditaire du Grand-duché de Francfort, et Archichancelier d'Etat de l'Empire français.

(Et plus bas.)

Monseigneur.

An eine Prinzessin von der kaiserlichen Familie.

Pour une Princesse de la famille Impériale.

An Ihre Kaiserliche Hoheit, Madam, Prinzessin N.....

(Unten.)

Madam.

A son Altesse Impériale, Madame la Princesse N....

(Et plus bas.)

Madame.

Anmerk. Der Titel Madame wird den Prinzessinnen der kaiserlichen Familie beigelegt, wenn sie auch noch unverheirathet sind.

Nota. Le titre de Madame se donne aux princesses de la famille Impériale, quand même elles ne seroient pas mariées.

An einen französischen Prinzen, welcher Groß-Würdner ist.

Pour un Prince Français Grand-Dignitaire.

An Seine Durchlaucht, den Erz-Kanzler des französischen Kaiserreichs, Herzog von Parma.

(Unten.)

Gnädigster Herr.

A son Altesse Sérénissime Monseigneur l'Archichancelier de l'Empire français, Duc de Parme.

(Et plus bas.)

Monseigneur.

❖❖❖❖❖❖❖

〰〰〰〰〰

An Seine Durchlaucht, den Erz-Schatzminister des französischen Kaiserreichs, Herzog von Piacenza, General-Gouverneur der Departements in Holland.

(Unten.)

Gnädigster Herr.

A son Altesse Sérénissime Monseigneur l'Architrésorier de l'Empire Français, Duc de Plaisance, Gouverneur-général des départements de la Hollande.

(Et plus bas.)

Monseigneur.

An Seine Durchlaucht, den Fürsten von Neufchatel, Herzog von Wagram, Vice-Connetable des französischen Kaiserreichs.

(Unten.)

Gnädigster Herr.

◆◆◆◆◆◆

An Seine Durchlaucht, den Fürsten von Benevent, Vice-Groß-Wähler des französischen Kaiserreichs.

(Unten.)

Gnädigster Herr.

◆◆◆◆◆◆

An Se. Excellenz, den Herzog von Danzig, Reichs-Marschall.

(Unten.)

Gnädiger Herr.

◆◆◆◆◆◆

An die Civil-Groß-Beamten der Krone.

An Se. Excellenz, den Groß-Palast-Marschall, Herzog von Friaul.

(Unten.)

Gnädiger Herr.

A Son Altesse Sérénissime le Prince de Neufchâtel, Duc de Wagram, Vice-Connétable de l'Empire Français.

(Et plus bas.)

Monseigneur.

~~~~~~

A Son Altesse Sérénissime le Prince de Bénévent, Vice-Grand-Electeur de l'Empire Français.

(Et plus bas.)

Monseigneur.

~~~~~~

A Son Excellence Monseigneur le Duc de Dantzig, Maréchal d'Empire.

(Et plus bas.)

Monseigneur.

Pour les Grands-Officiers civils de la Couronne.

A Son Excellence Monseigneur le Grand-maréchal du Palais, Duc de Frioul.

(Et plus bas.)

Monseigneur.

Seiner Excellenz, dem Erz-kanzler der Ehrenlegion.

(Unten.)

Gnädiger Herr.

— Eben so titulirt man den Groß-Schatzmeister der Ehrenlegion.

Anmerk. Bei Civil-Groß-Beamten, welche weder Prinzen noch Groß-Würdner sind, bedient man sich blos des Titels: Excellenz.

(Unten.)

Gnädiger Herr.

❖❖❖❖❖❖

An den Staatssekretär.

Seiner Excellenz, dem Reichsgrafen von...., Minister und Staatssekretär.

(Unten.)

Gnädiger Herr.

❖❖❖❖❖❖

An die Minister.

Seiner Excellenz, dem Herzog von Massa und Carrara, Großrichter Minister der Gerechtigkeitspflege.

(Unten.)

Gnädiger Herr.

A Son Excellence Monseigneur le Grand-Chancelier de la Légion d'honneur.

(Et plus bas.)

Monseigneur.

— Pour le Grand-Trésorier de la Légion d'honneur.

NOTA. Pour les Grands-Officiers civils qui ne sont ni princes ni Grands-Dignitaires, on ne se sert que du titre d'EXCELLENCE.

(Et plus bas.)

Monseigneur.

〰〰〰

Pour le Sécrétaire-D'Etat.

A Son Excellence Monseigneur le Comte de......, Ministre-Sécrétaire D'Etat.

(Et plus bas.)

Monseigneur.

〰〰〰

Pour les Ministres.

A Son Excellence Monseigneur le Duc de Massa et Carrara, Grand-Juge Ministre de la Justice.

(Et plus bas.)

Monseigneur.

2

An Seine Excellenz, den Minister von......, Reichsgrafen.

(Unten.)

Gnädiger Herr.

A Son Excellence Monseigneur le Ministre de......., Comte de l'Empire.

(Et plus bas.)

Monseigneur.

❖❖❖❖❖

An den Präsidenten des Senats.

Pour le Président du Sénat.

An Seine Excellenz, den Präsidenten des Erhaltungssenats.

(Unten.)

Gnädiger Herr.

A Son Excellence Monseigneur le Président du Sénat-Conservateur.

(Et plus bas.)

Monseigneur.

❖❖❖❖❖

An den Senatsausschuß der Preßfreiheit oder der individuellen Freiheit.

Pour la Commission-Sénatoriale de la liberté de la presse ou de la liberté individuelle.

An die Herren Senatoren, welche (diesen oder jenen Ausschuß) bilden.

(Unten.)

Senatoren.

A Messieurs les Sénateurs composans (telle Commission).

(Et plus bas.)

Sénateurs.

❖❖❖❖❖

An einen Senator schreibt man mit diesen Worten:

Herr Senator.

Pour un Sénateur, commencer la lettre par ces mots:

Monsieur le Sénateur.

An einen Staatsrath.

Herr Staatsrath.

Anmerk. Man setzt Herr Graf, Baron oder Ritter hinzu, wenn er einen dieser Titel führt.

An einen General-Inspektor.

Ihro Durchlaucht, dem General-Inspektor der Artillerie ec.

(Unten.)

Gnädiger Herr.

An einen General-Obristen.

Ihro Excellenz, dem General der Jäger zu Pferde ec.

(Unten.)

Gnädiger Herr.

An den Groß-Kammerherrn.

Gnädiger Herr.

Anmerk. Im Context des Briefes braucht man den Titel Excellenz.

— Das nämliche ist zu beobachten, wenn man an den Groß-Ceremonienmeister schreibt.

An den Präfekten eines Departements.

An den Herrn Präfekten des Departements der . . . . .

(Unten)

Herr Präfekt, Baron, Graf oder Ritter.

— Das nämliche gibt man einem Polizei-Präfekten.

*2

Pour un Conseiller-d'Etat.

Monsieur le Conseiller d'Etat.

NOTA. Mettre Mr. le Comte, le Baron ou Mr. le Chevalier, s'il porte un de ces titres.

Pour un Inspecteur-général.

A son Excellence Monseigneur l'Inspecteur-général d'artillerie, ou etc.

(Et plus bas.

Monseigneur.

Pour un Colonel-Général.

A son Excellence Monseigneur le Colonel-général des Chasseurs à cheval, etc.

(Et plus bas.)

Monseigneur.

Pour le Grand-Chambellan.

Monseigneur.

NOTA. Insérer le titre d'Excellence dans le corps de la lettre.

— Pour le Grand-maître des cérémonies.

Pour un Préfet du département.

A Monsieur le Préfet du département de . . . . .

(Et plus bas.)

Monsieur le Préfet, Baron, Comte ou Chevalier.

— Pour un Préfet de police.

An einen Ober-Präsidenten eines Gerichtshofes.

Herr Ober-Präsident.

An einen Präsidenten.

Herr Präsident.

An einen Cardinal.

An Seine Eminenz, den Herrn Cardinal N....

(Unten.)

Gnädiger Herr.

An einen Erzbischof oder Bischof.

Gnädiger Herr.

✦✦✦✦✦✦✦

Anm. Schreibt man an eine Person, welche zwar kein Staatsamt bekleidet, der man aber Achtung schuldig ist, oder von welcher man eine Freundschaft erwartet, so setzt man blos: Mein Herr.

Verheiratheten Frauenzimmern gibt man den Titel: Madame, und unverheiratheten: Mademoiselle.

✦✦✦✦✦✦✦

Anmerkungen.

1. Schreibt man an vornehmere Personen, so muß man den Titel zwei bis drei Finger breit oben vom Papier absehen. Etwas tiefer setzt man Gnädiger Herr, oder Mein Herr, und in der Mitte der Seite fängt man den Brief oder die Bittschrift an.

Pour un premier Président d'une Cour de Justice.

Monsieur le premier Président.

Pour un Président.

Monsieur le Président.

Pour un Cardinal.

A son Eminence Monseigneur le Cardinal N....

(Et plus bas.)

Monseigneur.

Pour un Archévêque ou un Evêque.

Monseigneur.

〜〜〜〜〜

NOTA. Pour une personne qui n'est pas constituée en dignité, mais à laquelle on doit des égards ou du respect, ou dont on attend une grace, commencez par ces mots: MONSIEUR.

Aux femmes on donne le titre de MADAME. Et aux filles celui de MADEMOISELLE.

〜〜〜〜〜

OBSERVATIONS.

1.° Lorsque l'on écrit à des personnes d'un rang supérieur, il faut mettre l'inscription à deux ou trois doigts du haut du papier: plus bas on met Monseigneur ou Monsieur, et vers le milieu de la page on commence la lettre ou la pétition.

2. Bei einem einfachen Briefe ist es nicht nöthig, die ganze Titulatur obenan zu setzen; man braucht blos mit den Worten: Gnädiger Herr oder Mein Herr anzufangen, und immer zwischen diesem Titel und dem Contert des Briefes einigen Raum zu lassen.

3. In einer Supplik oder Bittschrift darf man weder in der Ueberschrift noch in der Unterschrift, noch im Contert des Briefes die Titel und Eigenschaften der Personen abkürzen, an welche man sie richtet.

4. Die Worte: Sire, Ihre Majestät, Gnädiger Herr, Prinz, Prinzessin, Madame, Ihre Excellenz re. muß man immer mit größerer Schrift und großen Anfangsbuchstaben schreiben.

2.° Dans une simple lettre, il est inutile de mettre les titres en tête; il suffit de commencer par les mots de *Monseigneur* ou *Monsieur*, en laissant toujours de la distance entre ce titre et le corps de la lettre.

3.° Dans un placet ou une pétition, il ne faut ni dans la souscription, ni dans l'inscription, ni dans le corps de la lettre, mettre en abrégé les titres et qualités des personnes auxquelles on les adresse.

4.° Il faut avoir soin d'écrire toujours en gros caractères, et avec des initiales majuscules, ces mots: *Sire, Votre Majesté, Monseigneur, Prince, Princesse, Madame, Votre Excellence,* etc.

Von dem Contert des Briefes.

Man nennt Contert des Briefes die umständliche Erzählung des Gegenstandes desselben.

In dem Briefe selbst ist es schicklich, die Titel: Mein Herr, Madame, Gnädiger Herr oder jeden andern, den die Person führt, an die man schreibt, zuweilen zu wiederholen.

Antwortet man auf einen oder mehrere Briefe, so muß man zuerst den Empfang derselben anzeigen, und ihr Datum anführen. Bei Geschäftsbriefen ist dieses unumgänglich nöthig.

Der Styl, in dem man angefangen hat, muß bis zu Ende durch-

Du corps de la lettre.

On appelle le *corps* d'une lettre le détail dans lequel on entre pour expliquer l'objet de sa demande.

Dans le cours d'une lettre il est bien de rappeler à propos les titres de *Monsieur, Madame, Monseigneur,* ou tel autre qui seroit celui de la personne à laquelle on écrit.

Si l'on repond à une ou plusieurs lettres, on peut commencer par en accuser la reception, en rappelant leur date, cela est indispensable dans les lettres d'affaires.

En quelque style que l'on ait commencé, il faut le soutenir jusqu'au

geführt werden. Man vergeffe befonders nie, an wen man fchreibt, man fchreibe nicht in einem fröhlichen Tone an eine Perfon, die in Trauer gehüllt ift; man bediene fich feiner vertrauten Ausdrücke mit Leuten, welche vornehmer find, als wir, oder welche man nicht hinlänglich fennt, um fich folche erlauben zu dürfen.

Unhöflich wäre es, einen Brief voll ausgeftrichener Worte, Zwifchenzeilen und Nachfchriften zu fchicken; dieß würde Nachläßigkeit und Unachtfamkeit verrathen. Es ift beffer, den Brief von neuem abzufchreiben.

Wenn der Brief unten zu tief aufhört, fo muß man es fo einrichten, daß man noch zwei Zeilen auf die andere Seite bringt; der Zeilen dürfen aber nicht weniger, als zwei feyn.

Muß man auf eine neue Seite fchreiben, fo trage man Sorge, die andere Seite gerade dem Titel der vorigen gegenüber anzufangen.

Ziffern braucht man blos für Summen. Man darf alfo nicht fchreiben: Sie nehmen die 1fte Stelle ein, fondern die erfte Stelle 2c.

bout. Surtout n'oubliez jamais à qui vous écrivez et n'allez pas prendre un ton enjoué avec une personne qui est dans le deuil, ou vous servir d'expressions familières avec ceux qui sont au-dessus de vous ou que vous ne connoissez pas assez pour vous les permettre.

Il y auroit de l'incivilité à envoyer une lettre pleine de ratures, interlignes et apostilles; ce seroit annoncer de la négligence et l'inattention. Il vaut mieux en recommencer une autre.

Quand la matière de la lettre finit trop bas, il faut la ménager, en sorte que l'on en puisse garder deux lignes pour finir à la page suivante; mais il ne faut pas en avoir moins de deux.

Si l'on est obligé d'écrire sur le *verso*, il faut avoir soin de ne commencer la page qu'à la hauteur où l'on a placé le titre au *recto*.

On ne doit employer les chiffres que pour les sommes. Ainsi ne faut-il pas écrire: Vous occupez le 1.er rang; mais le premier rang etc.

Von der Unterschrift des Briefes.

Die Unterschrift ist bei einem Briefe die Formel, womit man einen Brief oder eine Bittschrift schließt.

Sonst legte man auf die Unterschrift viele Wichtigkeit; allein heut zu Tage nicht mehr.

Viele Personen schließen ihre Briefe mit der Formel: Ich habe die Ehre, Sie zu grüßen, 2c.; allein dieß ist blos unter Gleichen erlaubt. Bei Personen, welche vornehmer sind, als wir, muß man mehr Zurückhaltung gebrauchen. Z. B.

An den Kaiser.

Eurer kaiserlichen Majestät
gehorsamster und getreuester Unterthan.

An einen Prinzen oder eine Prinzessin der kaiserlichen Familie.

Eurer kaiserlichen Hoheit
unterthänigster und gehorsamster Diener.

An einen Prinzen, welcher Groß-Würdner ist.

Eurer Durchlaucht
unterthänigster und gehorsamster Diener.

An einen Minister.

Eurer Excellenz
unterthäniger und gehorsamster Diener.

De la souscription.

La *souscription* est la formule dont on se sert pour terminer une lettre ou une pétition.

La souscription étoit autrefois une grande affaire; aujourd'hui on y met moins d'importance.

Beaucoup de personnes terminent leurs lettres par: *J'ai l'honneur de vous saluer*, *N.*; mais cela n'est permis qu'entre égaux. Envers les personnes qui nous sont supérieures, il faut agir avec plus de reserve. Par exemple:

A l'Empereur.

De Votre Majesté Impériale.
le très-humble et fidèle sujet.

A un Prince ou à une Princesse de la famille Impériale.

De Votre Altesse Impériale.
le très-humble et très-obéissant serviteur.

A un Prince Grand-Dignitaire.

De Votre Altesse Sérénissime,
le très-humble et très-obéissant serviteur.

A un Ministre.

De Votre Excellence.
le très-humble et très-obéissant serviteur.

An einen General, einen Präfekten oder an eine jede andere vornehmere Person.

Ihr ehrerbietiger Diener.
Ihr ehrerbietigster Diener.
Ihr unterthäniger Diener.

An einen Cardinal.

Eurer Eminenz
ehrerbietigster Diener.

An einen Erzbischof oder Bischof.

Eurer Gnaden
unterthäniger und gehorsamster Diener.

Anmerk. Man kann auch einen Brief, nicht aber eine Bittschrift, damit endigen, daß man Jemanden seiner Achtung, Erkenntlichkeit, Hochschätzung oder Ergebenheit versichert. Z. B.

Genehmigen Sie, Madame, die Versicherung meiner Ehrerbietung.

Genehmigen Sie, Madame, die Versicherung meiner achtungsvollen Ergebenheit.

Die Gefühle, welche Sie mir eingeflößt haben, mein Herr, sind eben so aufrichtig, als dauerhaft.

Rechnen Sie, mein Herr, auf die ewige Dankbarkeit und Ergebenheit Ihres ꝛc.

Meine zärtliche und achtungsvolle Ergebenheit gegen Sie wird sich erst mit meinem Leben endigen.

A un Général, un Préfet ou à toute autre personne qui nous est supérieure.

Votre respectueux serviteur.
Votre très-respectueux serviteur.
Votre très-humble serviteur.

A un Cardinal.

De Votre Eminence,
le très-respectueux serviteur.

A un Archévêque ou Evêque.

De Votre Grandeur,
le très-humble et très-soumis serviteur.

Nota. On peut encore finir une lettre, mais non pas une pétition ou un placet par l'expression d'un sentiment de respect, de reconnoissance, d'estime ou d'attachement. Par exemple:

Agréez, Madame, l'hommage de mon respect.

Recevez, Madame, avec bonté l'assurance de mon respectueux attachement.

Les sentimens que vous m'avez inspirés, Monsieur, sont aussi sincères qu'ils seront durables.

Comptez à jamais, Monsieur, sur la reconnoissance et l'attachement de etc.

Mon tendre et respectueux attachement ne finira qu'avec ma vie.

Leben Sie wohl. Ich umarme Sie wie ich Sie liebe, nämlich aus ganzer Seele. Leben Sie wohl. Ich brenne vor Verlangen, Sie zu sehen.

Genehmigen Sie, mein Herr, daß ich Ihnen die Aeußerungen achtungsvoller Ergebenheit darbringe, welche ich Ihnen geweiht habe.

❖❖❖❖❖❖

Von der Nachschrift.

Nachschrift oder Postscriptum nennt man dasjenige, was man zu dem Briefe hinzufügt, wenn er unterzeichnet ist. Man bezeichnet dasselbe gewöhnlich mit diesen zwei Buchstaben P. S. oder N. S. Das Postscriptum zeigt Unaufmerksamkeit an; man darf sich dasselbe daher blos unter Freunden erlauben, und um Jemanden seinen Gruß zu vermelden.

Von der Art, die Briefe zu falten, und vom Umschlage.

Die einfachste Art, einen Brief zu falten, ist immer die beste. Briefe, welche man an Vornehmere schreibt, werden unter Umschlag gelegt. Dieser Umschlag wird von weissem Papier gemacht; es muß reinlich und nicht beschrieben seyn; inwendig darf auch nichts darauf gedruckt seyn.

Adieu, je vous embrasse comme je vous aime et c'est de tout mon cœur. Adieu, je brûle de venir vous embrasser.

Agréez l'hommage des sentimens distingués, que je vous ai voués.

〜〜〜〜〜

Du post-scriptum.

On appelle *post-scriptum* ce que l'on ajoute à sa lettre quand elle est signée: on le marque assez communément par ces deux lettres: P. S. Le post-scriptum annonce de l'inattention; il ne faut donc se le permettre qu'entre amis et pour adresser ses complimens à quelqu'un.

De la manière de plier les lettres, et de l'enveloppe.

La manière la plus simple de *plier* une lettre est toujours la meilleure. On met sous *enveloppe* les lettres écrites à des supérieurs. Cette enveloppe doit être faite d'un papier blanc qui doit être propre et n'être ni écrit ni imprimé en-dedans,

3

Von dem Siegel.

Es ist schicklich, blos Siegellack zu gebrauchen. Schwarzer Siegellack geziemt sich blos für Trauer, man mag nun selbst Trauer tragen, oder die Person, an welche man schreibt. Man gebrauche nur ein reinliches Pettschaft, worauf der Namenszug, das Wappen oder ein Sinnwort steht, und keine Knöpfe oder ein Stück Geld.

Der Oblaten bedienen sich Gleiche zu Gleichen, oder Vornehmere zu Geringeren.

Von der Adresse.

Die Adresse enthält den Namen der Person, an welche man schreibt, und die Wohnung derselben; man setzt bisweilen zur näheren Bezeichnung das Gewerbe hinzu. Schreibt man nach Paris oder einer andern Stadt, so muß man die Straße, und sogar die Nummer des Hauses hinzusetzen. Wenn der Brief nach einem nicht sehr bekannten Orte geht, oder deren mehrere den nämlichen Namen führen, so muß man das Departement oder die Provinz hinzusetzen. Ist von einem Flecken oder Dorfe die Rede, wo die Post nicht hinkömmt, so muß man setzen: durch den und den Ort, und die Stadt nennen, wo ein Postbüreau ist. Z. B.

Du cachet.

Il est convenable de ne se servir que de *cire d'Espagne*. La cire noire n'est reservée qu'en deuil, soit qu'on le porte soi-même, soit la personne à qui l'on écrit. Il ne faut employer qu'un cachet propre, portant chiffres, armes ou devise, et ne point user de boutous ou de pièces de monnoie.

Le pain à cacheter est permis d'égal à égal ou de supérieur à l'inférieur.

De l'adresse.

L'adresse contient le nom de la personne à qui on écrit et sa demeure; on met quelquefois sa profession pour mieux la désigner. Si l'on écrit à Paris ou dans quelque autre grande ville, il faut avoir soin de marquer la rue, et même le numéro de la maison. Si la lettre doit aller dans un lieu peu connu ou d'un nom qui se trouve ailleurs, il faut désigner le département; s'il s'agit d'un bourg ou d'un village où la poste n'arrive point, on mettra *par tel endroit*, en nommant la ville où il y a un bureau des postes. Exemple d'une adresse:

An den Herrn
Bertin, Handelsmann von Thionville
   zu Douai
  im Norddepartement.

A Monsieur
Bertin, négociant, rue de Thionville
   à Douai,
   département du Nord.

An einen Minister.

A un Ministre.

An Seine Excellenz den Minister ꝛc.

A son Excellence le ministre etc.

An einen Präfekten.

A un Préfet.

An den Herrn Präfekten ꝛc.

A Monsieur le Préfet etc.

Von den Fällen, wo Briefe fran-
kirt werden müssen.

Des cas où l'on affranchit les
lettres.

Es ist nicht gebräuchlich, es wäre sogar eine grobe Unhöflichkeit, die Briefe zu frankiren, diejenigen ausgenommen, welche nach dem Auslande gehen. Man kann auch jene frankiren, welche man an arme Leute schickt, denen die geringsten Kosten beschwerlich fielen. Man frankirt gewöhnlich die Briefe, welche man an Zeitungsschreiber und andere Leute schreibt, welche täglich Briefe bekommen, und denen folglich das Postgeld eine große Last wäre.

Il n'est pas d'usage, ce seroit même une impolitesse grossière, d'affranchir les lettres, à l'exception de celles qui sont pour les pays étrangers. On peut aussi affranchir celles que l'on adresse à de pauvres gens, que les moindres frais incommoderoient. On affranchit pour l'ordinaire les lettres que l'on écrit aux journalistes et aux autres personnes qui, exposées à en recevoir une grande quantité, trouveroient une charge très onéreuse dans les frais de poste.

Von den Antworten.

Des reponses.

Eine Antwort darf nicht lange nach dem Briefe zurückbleiben, welcher dieselbe veranlaßt hat. Unhöflich wäre es, Jemanden zu lange auf Antwort warten zu lassen.

Une reponse doit suivre de près la lettre qui l'a provoquée : ce seroit une malhonnêteté que de la faire attendre trop long-temps.

*3

In Geschäften muß die Antwort deutlich bestimmt, kurz abgefaßt seyn, und, wo möglich, ein Artikel nach dem andern berührt werden. Im Allgemeinen ist es genug zu sagen, daß eine Antwort, sowohl dem Inhalt, als der Form nach, dem Briefe entsprechen muß, welcher dieselbe veranlaßt: weil sie die Fortsetzung der Unterredung ist, welche der Brief angefangen hat.

Der Gebrauch fordert, daß man das Datum dieses Briefes anführe: Ich eile, ich beeifere mich, ihren Brief vom.... zu beantworten. Das Schreiben, womit Sie mich unterm.... beehrt haben. In Antwort auf Ihr Schreiben vom....

Ich erhalte in diesem Augenblicke zwei Briefe von Ihnen, liebe Nichte, den einen vom 12., den andern vom 16., beide in nämlichen Paket. Ich werde sie der Ordnung nach beantworten.

En affaire, il la faut faire claire, précise et detaillée, s'il se peut, article par article. Il suffit de dire en général qu'une reponse doit être analogue, soit pour le fond, soit pour la forme, à la lettre qui la détermine, puisqu'elle est la continuation de l'entretien que la lettre a commencé.

Il est d'usage de rappeler la date de cette lettre: *Je me hâte, je m'empresse de répondre à Votre lettre du.... La lettre dont Vous m'avez honoré le.... En reponse à Votre lettre du....*

Je reçois dans ce moment deux lettres de Vous, ma chère nièce; l'une du 12, l'autre du 16, toutes deux dans le même paquet. J'y vais répondre par ordre.

Divers genres de lettres. Verschiedene Briefgattungen.

Von den Neujahrschreiben.

In einem Neujahrsschreiben äußert das Kind den Urhebern seines Daseyns seine Liebe zu ihnen, sein Verlangen zur Fortsetzung ihrer Güte, seinen heißen und stets erneuerten Wunsch für ihre Erhaltung.

In einem blosen Anstandsschreiben begnügt man sich, der Person, an welche dasselbe gerichtet ist, so zahlreiche Lebenstage zu wünschen, als dieselbe grosse und gute Eigenschaften, Wohlthaten oder Tugenden besitzt. Man fügt noch hinzu: diese späten Jahre seyen ihm zum Wohl seiner Familie, seiner Freunde, seiner Umgebenen nöthig. Nie muß man aber sich eines faden gemeinen Lobes bequemen, welches die ekelhafteste Sache von der Welt ist.

Muster.

Schreiben eines Sohnes an seinen Vater.

Theuerster und geehrtester Vater!

Weder Gewohnheit, noch Wohlstand sind es, welche mir winken, Ihnen bei Erneuerung dieses Jahres zu schreiben, sondern Zärtlichkeit und Achtung veranlassen mich, Ihnen die Gefühle des zärtlichsten und gehorsamsten Sohnes an Tag zu legen. Genehmigen Sie, bester Vater, die heissen Wünsche, welche ich für Ihre Gesundheit und Ihr Wohlergehen erhebe. Wenn der Himmel mein sehnlichstes Flehen erhört, so wird er Ihnen ein langes Leben verleihen. Diese Bitte schließt das Wohl Ihrer ganzen Familie und das meinige zugleich in sich.

Ihre Liebe zu Ihren Kindern sagt mir durch den Trieb der Natur, daß ich durch gutes Be-

Des lettres de bonne année.

Dans une lettre de bonne année, l'enfant doit exprimer aux auteurs de son être, son tendre attachement pour eux, son désir d'obtenir la continuation de leurs bontés, ses vœux ardens et sans cesse renouvelés pour leur conservation.

Dans une lettre de pure étiquette, on se contente de souhaiter à la personne qui en est l'objet, des jours aussi nombreux que ses grandes ou ses bonnes qualités, que ses bienfaits ou ses vertus; on ajoute même que ces longs jours lui sont dus pour le bien de sa famille, de ses amis, de ceux qui l'entourent etc. Mais il ne faut jamais oublier que les fadeurs du jour sont ce qu'il y a de plus fastidieux au monde.

Modèles.

Lettre d'un fils à son père.

Mon cher et honoré père!

Ce n'est point la coutume et la bienséance qui m'avertissent de Vous écrire au renouvellement de cette année; c'est la tendresse et le respect qui me portent à vous marquer les sentimens du fils le plus tendre et le plus soumis. Veuillez agréer les souhaits ardens que je forme pour Votre santé et Votre bonheur. Si Dieu daigne exaucer mes vœux, il prolongera Vos jours, et par cette prière c'est demander qu'il prolonge la félicité de toute Votre famille, surtout la mienne.

Votre tendresse pour Vos enfans m'apprend naturellement que je puis contri-

tragen zum Glücke Ihres Schicksals und zum Frieden Ihrer Tage beitragen kann. Ich würde strafbar seyn, wenn ich blos für Ihr Wohlergehen betete, ohne mit angestrengten Kräften daran zu arbeiten. Genehmigen Sie daher auch die Versicherung, daß mein höchstes Streben nach diesem Ziele gerichtet ist. Nicht nur das Gefühl kindlicher Liebe, sondern auch die zärtliche Pflege und Erziehung, welche ich von Ihnen genossen, legen mir diese Pflicht auf. Dies ist eine heilige Schuld, welche ich ohne Sünde nicht verabsäumen darf. Dies schreibt mir meine Pflicht vor; allein mein Herz geht noch viel weiter; es läßt mich in Erfüllung eben dieser Pflicht die süsseste und reinste Freude empfinden, und dabei habe ich noch den Vortheil für meine eigene Rechnung zu arbeiten.

Ich verbleibe mit tiefster Achtung und lebhaftester Zärtlichkeit

Ihr rc.

buer par ma conduite, à rendre Votre sort heureux, et Vos jours paisibles. Je serois bien coupable, si je me contentois de prier le ciel pour Votre bonheur, sans me donner la peine d'y travailler; recevez donc aussi l'assurance que tous mes efforts les plus constans tendent à ce but; je ne le dois pas seulement par un sentiment de tendresse filiale, j'y suis encore obligé par tous les soins que Vous avez pris de mon enfance et de mon éducation: c'est une dette sacrée que je ne puis négliger sans crime. Voilà ce que me dicte le devoir; mais le coeur va beaucoup plus loin; il me fait trouver dans l'accomplissement de ce devoir même la plus douce et la plus pure des jouissances; j'ai de plus l'avantage de travailler en même temps pour mon propre compte.

Je suis avec le plus profond respect et la plus vive tendresse, mon cher bon père,

Votre etc.

Schreiben an einen Freund.

Da ist schon wieder ein Jahr dahin, mein Bester! Wie schnell ist dasselbe entflohen! Sollen wir nicht eilen, die goldne Zeit im Fluge zu erhaschen und zu genießen. Wenn ich jetzt etwas zu wünschen hätte, so wäre es, daß dieses neue Jahr, wie das alte, sich endigen möchte, nämlich, daß ich stets im Besitz Ihrer Freundschaft und Achtung bliebe. Zwar könnte ich Ihnen für Ihre Gesundheit, Ihr Wohlergehen und Heil die gewöhnlichen Glückwünschungsformeln wiederholen; allein sollten Sie aus dieser Sprache wohl auf eine größere Ergebenheit meinerseits schließen? Ich denke, mein Betragen wird Ihnen bewiesen haben, daß ich jede Gelegenheit, Ihnen einen Dienst zu leisten, willfährig ergreifen, und mich so zeigen werde, wie Sie es nur von mir erwarten können. Die Gelegenheit mag also kommen, und wenn ich sie verabsäume, so spotten Sie meiner Wünsche, und entziehen Sie mir geschwind jene Freundschaft, womit Sie mich beehren. Das ist blos, was ich sagen darf. Ich möchte noch hinzufügen, daß, wenn ähnliche

Lettre à un ami.

Encore une année, mon ami! Cela passe vîte et nous avertit qu'il faut se dépêcher d'en jouir. Si j'ai un voeu à faire pour moi en ce moment, c'est que cette année nouvelle finisse comme l'autre; c'est-à-dire en me voyant toujours possesseur de Votre amitié et de Votre estime. Je Vous adresserois bien les voeux d'usage pour Votre santé, pour Votre fortune, pour Votre bonheur: ce langage Vous feroit-il croire que je Vous suis encore plus attaché, plus devoué? J'aime à penser que ma conduite Vous a prouvé que, si l'occasion se présente de Vous être utile, je ne la négligerai pas et me montrerai tel que Vous avez lieu de l'attendre de moi. Vienne donc l'occasion et si je la manqué, moquez-Vous de mes voeux et retirez-moi l'amitié dont Vous m'honorez. Voilà tout ce que je dois dire. J'ajouterai que si, de ma part, des sentimens semblables à ceux que Vous me témoignez peuvent contribuer à Votre félicité, comme ils con-

Gesinnungen, wie jene sind, so Sie gegen mste äußern, zu Ihrem Glücke beitragen, so wie ich zu dem meinigen wesentlich gehören, Sie auf die Aufrichtkeit und Dauer der meinigen rechnen können, so wie ich mich auf die Offenherzigkeit und Festigkeit der Ihrigen verlasse.

Schreiben eines jungen Frauenzimmers, welches in einer Erziehungsanstalt ist.

So eben habe ich, beste Mutter! mit meinen Gespielinnen bei der ehrwürdigen Vorsteherin dieses Hauses den Neujahrsbesuch abgestattet. Sitte und Dankbarkeit lenkten unsere Schritte zu derselben. Ein anderes Gefühl, welches süsser, zärtlicher, stärker und dauerhafter, als jenes ist, indem es nur mit dem letzten Hauche meines Lebens vergeht, führt mich zu Ihnen, gute und theure Mutter. Ich wünsche Ihnen Gesundheit; ich wünsche Ihnen beglückte Tage; ich wünsche Ihnen alles, was Sie wünschen können, kurz ich wünsche Ihnen so viele Jahre, als an diesen Tagen Zuckerwerk und Lügen verkauft werden.

Ich huldige blos der reinen Wahrheit, wenn ich Sie versichere, daß ich Sie liebe; daß ich Sie anbete; daß ohne Sie kein Glück mehr für mich auf Erden ist; daß ich Ihre Abwesenheit und den Schmerz der Zurückgezogenheit blos deßwegen erdulde, um mich Ihrer würdiger zu machen, und damit Sie dereinst in der ehrfurchtvollsten, dankbarsten und zärtlichsten Tochter Ihre beste Freundin finden mögen.

Schreiben einer Dame an einen Freund.

Ich bin so bange, Sie möchten mir das Neujahr abgewinnen, daß ich Ihnen hiemit eiligst meinen Glückwunsch entrichte. Hier ist er: » Mein Herr! ich wünsche Ihnen ein glückseliges Neujahr mit den besten Folgen. « Nun bin ich schon fertig, und habe meine Sache gewiß sehr gut gemacht; denn ich behaupte, daß ein Paar Worte, welche aus einem aufrichtigen und liebenden Herzen entspringen, ein Schatz werth sind. Nun machen Sie mir zur Belustigung eine niedliche Antwort und

tribuent à la mienne, Vous devez compter sur la sincérité et la durée des miens, autant que je compte sur la franchise et la solidité des Vôtres.

LETTRE d'une Demoiselle qui est dans une maison d'éducation.

Je viens, ma chère Maman, de faire, avec mes compagnes, la visite du jour de l'an à la respectable directrice de cette maison. L'étiquette et la reconnoissance nous ont conduites auprès d'elle. Un sentiment plus doux, plus tendre, plus fort et bien durable, car il ne finira qu'avec ma vie, me ramène à Vous, chère et bonne Maman: je Vous souhaite la santé, je Vous souhaite des jours heureux, je Vous souhaite tout ce que Vous pouvez désirer, je Vous souhaite enfin autant d'années qu'il se débite en ce jour de dragées et de mensonges.

C'est à la simple et franche vérité que je rends hommage quand je Vous assure que je Vous aime, que je Vous adore, qu'il n'est point pour moi de bonheur sans le Vôtre, que je ne supporte Votre absence et les ennuis de la retraite qu'à la fin de me rendre plus digne de Vous et de Vous faire trouver un jour Votre meilleure amie dans la plus respectueuse, la plus reconnoissante et la plus tendre des filles.

LETTRE d'une Dame à un ami.

J'ai si peur que Vous me souhaitiez la bonne année le premier, que je me dépêche de faire mon compliment; le voici: „Bon jour et bon an, Monsieur, et tout „ce qui s'ensuit." Voilà mon affaire faite et très-bien faite, je le soutiens; car, trois mots qui viennent d'un cœur bien sincère et bien à Vous, valent un trésor. Divertissez-Vous à présent à tourner joliment Votre reponse et Vos souhaits, cela ne Vous embarrassera point et me sera grand

einen zierlich abgefaßten Glückwunsch. Das wird mich sehr freuen; ich werde Ihre Gedanken plündern, und dasjenige, was Sie mir sagen, zu benutzen suchen.

Schreiben einer Jungfer an ihre Tante.

Man will, theuerste Tante! daß ich Ihnen ein Neujahrskompliment machen soll. Ich wollte mich durchaus nicht dazu anschicken, weil ich so oft gehört hatte, die Komplimentenmacher seyen alle Lügner. Ich gehorche aber doch; allein um Ihnen ohne Ceremonien, frei und ungeheuchelt zu wiederholen, daß ich Sie liebe, daß ich Sie stets lieben werde, daß, wenn ich den Zauberstab der Feen hätte, wovon meine Hofmeisterin mir sonst so vieles erzählte, alle Ihre Wünsche bald erfüllt seyn würden, daß Sie alsdann lange, sehr lange für das Glück aller Ihrer Bekannten, und vorzüglich für jenes Ihrer kleinen Freundin leben sollten.

Ich verbleibe ꝛc.

Antworten auf Neujahrsschreiben.

Schreiben an einen unglücklichen Freund.

Ihr trostreicher Wunsch, mein Freund, kömmt dem meinigen zuvor; doch der meinige, obgleich er etwas später kömmt, ist darum nicht weniger wohlgemeint. Es sind nun bereits dreißig Jahre, daß ich die Ehre habe, Sie zu kennen, und im Besitz Ihrer Freundschaft zu seyn. Möge der Himmel mich noch lange dies kostbare Gut genießen lassen; ich verlange vom Himmel weiter nichts. Möge mein Brief Sie in gutem Wohlseyn antreffen, und Ihnen so viel Vergnügen machen, als mir alle die Ihrigen verursachen!

Ich verbleibe ꝛc.

Schreiben an einen Freund.

Es ist schon lange, mein Herr, daß ich im Besitz Ihrer aufrichtigen und standhaften

---

plaisir; je Vous pillerai et ferai mon profit de ce que Vous me direz.

Lettre d'une Demoiselle à sa tante.

On veut, ma chère Tante, que je Vous fasse un compliment de bonne année. Je ne le voulois pas; on m'a tant dit que les faiseurs de complimens étoient des menteurs. J'obéis pourtant; mais pour Vous redire sans cérémonie, sans complimens, sans fadeur, que je Vous aime, que je Vous aimerai toujours; que, si j'avois la baguette de ces fées dont m'a parlé ma bonne, tous Vos voeux seroient bientôt remplis, et que Vous vivriez, ma chère Tante, long-temps, long-temps pour contribuer à faire le bonheur de tout le monde et surtout de Votre petite amie.

Je suis etc.

Reponses à des lettres de bonne année.

Lettre à un ami qui n'a pas été heureux.

Vous me devancez, mon ami, dans Vos souhaits consolans; mais les miens, quoique venant en second, n'en seront pas moins sincères. Voilà, je crois, trente ans, que j'ai l'honneur de Vous connoître et de posséder Votre amitié; je ne demande plus au ciel d'autre bien que de me laisser long-temps encore jouir de celui-là. Puisse ma lettre Vous trouver en bonne santé, et Vous faire autant de plaisir que m'en apportent toutes les Vôtres.

Je suis etc.

Lettre à un ami.

Il y a long-temps, Monsieur, que je jouis de la sincérité et de la constance de Votre

Freundschaft bin. Die Jahre endigen sich inzwischen, wie sie angefangen haben, und fangen an, wie sie sich geendigt haben. Ich bin jedoch froh, daß es einen Tag gibt, an dem sich unsere Wünsche vereinigen, und Ihr Herz sich ganz öffnet. Ich kenne alle Gefühle desselben, und höre die Erneuerung derselben mit Wohlgefallen. Ich wünsche Ihnen meinerseits eine vollkommene Gesundheit, eine sanfte Ruhe und ein Glück, so wie Sie selbst es sich wünschen.

Ich bin u. s. w.

Schreiben einer Dame an eine andere Dame.

Es ist wahrlich Niemand auf der Welt, dessen Glückswünsche mich mehr freuen als die Ihrigen, und dem ich herzlicher, sey es nun im Anfange des Jahres oder in der Mitte desselben, Glück wünsche als Ihnen. Scheint es mir doch, daß der Himmel Sie erhören müsse, und daß diejenigen, deren Wohlfahrt Ihnen am Herzen liegt, mit Ihnen glücklich seyn müssen; auch fühle ich, daß Keiner an dem, was sie etwa wünschen können, einen herzlichern Antheil nehmen kann als ich.

Schreiben an einen Freund.

Ich würde Ihnen den Vorsprung abgewonnen haben, und sie würden längst meinen Glückwunsch bei Gelegenheit des neuen Jahrs erhalten haben, wenn der Unterschied der Zeiten auf meine Freundschaft einigen Einfluß hätte, und wenn ich zur Klasse derjenigen Leute gehörte, welche nöthig haben, den Almanach zu lesen, um zu wissen, wann und wie sie ihre Freunde lieben sollen. Ich kenne keinen Tag im ganzen Jahre, an dem ich nicht die heissesten Wünsche für Ihr Wohlergehen zum Himmel schicke. Das übrige ist ein bloßes Ceremoniel, welches ich den Italienern und Deutschen überlasse. Mir genügt die Wirklichkeit, weil ich überzeugt bin, daß alle Complimente der Wahrheit mehr oder weniger Eintrag thun.

amitié. Sur cela les années finissent comme elles ont commencé, et commencent comme elles ont fini; je suis pourtant bien aise qu'il y ait un jour où nos voeux se réunissent, et où Votre coeur s'ouvre tout entier. J'en connois tous les sentimens et j'aime à les entendre renouveler. Je Vous souhaite à mon tour une santé parfaite, un doux repos, et des prospérités telles, je crois, que Vous les souhaitez Vous-même.

Je suis etc.

LETTRE d'une Dame à une autre Dame.

Il n'y a personne, Madame, de qui je reçoive les souhaits avec plus de plaisir, et pour qui j'en fasse plus volontiers que pour Vous, soit dans le commencement, soit dans le cours des années. Il me semble que le ciel Vous doit écouter, et que ceux dont Vous désirez le bonheur ne peuvent manquer d'être heureux. Je sens bien aussi que personne ne s'intéresse plus que moi à tout ce que Vous pouvez souhaiter.

LETTRE à un ami.

Je Vous aurois prévenu, Monsieur, et Vous auriez reçu, il y a long-temps, mes complimens à l'occasion de la nouvelle année, si la distinction des temps faisoit quelque chose à mon amitié; et si j'étois de ces gens qui ont besoin de lire l'almanac pour savoir quand et comment ils doivent aimer leurs amis. Je ne connois point de jour dans l'année où je ne fasse des voeux pour Votre satisfaction; le reste est un pur cérémoniel que je laisse aux italiens et aux allemands, me contentant de la réalité et convaincu par mille expériences que tout ce qu'on donne aux complimens est autant de rebattu sur la vérité.

Von den Briefen für Namens-feste und Jahresfeier.

Briefe unter Freunden und Personen von gleichem Range müssen, wenn von Namensfesten oder Jahresfeiern die Rede ist, angenehm und in einem spielenden Tone abgefaßt seyn. Doch mitten in diesem Scherze muß warmer freundschaftlicher Antheil durchschimmern. Schreibt man an Vorgesetzte und vornehmere Personen, so muß Hochachtung im Briefe vorherrschen.

Muster.

Schreiben eines Sohnes an seinen Vater.

Werther und geehrter Vater!

Welch ein schöner Tag für mich! Es ist derjenige, an dem Sie für das Glück derjenigen gebohren sind, welche durch Sie ihr Daseyn erhalten sollten. Heute bin ich dem Himmel tausendfachen Dank schuldig, und entrichte ihm denselben aus der ganzen Fülle meines Herzens. Ach, wenn derselbe nur meine heissesten Wünsche erhört, so wird er mir noch lange das unaussprechliche Vergnügen zu Theil werden lassen, Ihnen die nämlichen Gefühle und die nämliche Freude an Tag legen zu können; und wenn nichts meinen gefaßten Entschluß hindert, so wird mein Betragen und meine Liebe zu Ihnen stets Ursache geben, sich Ihres Daseyns zu erfreuen. Genehmigen Sie, theuerster und achtungsvoller Vater, diesen Ausdruck meines Herzens, und belieben Sie denselben durch Ihren heiligen Segen zu bekräftigen.

Ich verbleibe mit tiefer Hochachtung und unbegränzter Zärtlichkeit

Ihr Sohn u. s. w.

Schreiben an einen Freund, mit dem man nicht auf gar vertrautem Fuße steht.

Ich eile, mein Herr, Ihnen viel Glück zu

Des Lettres pour les fêtes et anniversaires.

Les lettres entre amis et personnes du même rang, lorsqu'il s'agit de souhaits pour une fête ou un anniversaire, doivent être agréables; et faites comme, en se jouant, au milieu de ce badinage. On ne doit pas négliger de faire sentir que l'amitié y entre pour beaucoup. Quand on s'addresse à ses supérieurs et à des personnes au-dessus de soi, il faut faire dominer le respect.

Modèles.

LETTRE d'un fils à son père.

Mon cher et honoré père!

Ce jour est bien beau pour moi! C'est celui où Vous êtes né pour le bonheur de ceux qui devoient tenir l'existence de Vous. Je dois aujourd'hui mille grâces au ciel, et les lui rends dans toute l'effusion de mon coeur. Ah, s'il écoute mes Voeux les plus ardens, il me laissera encore long-temps le plaisir inexprimable de Vous témoigner les mêmes sentimens et la même joie; et si rien ne traverse la ferme résolution où je suis, ma conduite et ma tendresse Vous seront toujours de nouveaux sujets de Vous rejouir d'être né. Veuillez agréer, mon cher et respectable père, cette expression de mon coeur et la confirmer par Votre bénédiction sacrée.

Je suis avec un profond respect et une tendresse sans bornes,

Votre fils etc.

LETTRE à un ami avec qui on n'est pas trop familier.

Je m'empresse, Monsieur, de Vous

Ihrem Namensfeste zu wünschen. Es ist eine große Wonne für mich, daß die Gelegenheit sich mir darbietet, Ihnen meine aufrichtigen Gefühle darzubringen und mich mit Ihnen über die glücklichen Umstände zu freuen, wodurch ich Ihre Freundschaft erworben habe, welche ich über alles hochschätze, was ich in der Welt besitze. Sie zweifeln doch hoffentlich nicht an den aufrichtigen Wünschen, welche ich für Sie und Ihre Familie ergehen lasse, die ich aus ganzem Herzen umarme.

Ich bin, mein Herr, u. s. w.

Schreiben an einen Oheim.

Mein lieber Oheim!

Ich fühle stets ein großes Vergnügen, wenn ich Ihnen die Glückwünsche darbringe, deren Erfüllung beständig das innigste Verlangen meiner Seele ist. Ich wünsche Ihnen, daß Ihre diesjährige Namensfeier eben so glücklich und fröhlich seyn möge, als diejenigen waren, welche ich bei Ihnen zu feiern das Glück hatte. Wenn der Himmel mich erhört, so wird er Ihnen wenigstens noch fünfzig andere verleihen, und wenn nun ein beständiges Band der Freundschaft Ihrerseits gegen mich dieselben besiegelt, so wird alles zum Besten ausschlagen.
Ich verbleibe achtungsvoll
Ihr Neffe u. s. w.

Schreiben an einen Gönner.

Mein Herr!

Freudig erhasche ich jede Gelegenheit, welche sich mir darbietet, Ihnen die Gefühle meiner Achtung und Dankbarkeit darzubringen, und konnte daher Ihre Namensfeier nicht vorbei gehen lassen, ohne Ihnen die Empfindungen meiner aufrichtigen Hochachtung zu erneuern. Nehmen Sie dieselben also mit jener Gewogenheit auf, wodurch Sie sich auszeichnen. Zu meinem Wunsche, daß der Himmel Ihnen

souhaiter une heureuse fête. C'est une grande satisfaction pour moi de trouver l'occasion de Vous renouveler le témoignage de mes sentimens sincères et de m'applaudir avec Vous des circonstances heureuses, qui m'ont valu votre amitié que je mets au dessus de tout ce qu'il y ait de plus précieux au monde. Vous ne doutez point, j'espère, des voeux sincères que je fais pour Vous et pour Votre aimable famille que j'embrasse de tout mon coeur.
Je suis, Monsieur, etc.

LETTRE à un oncle.

Mon cher oncle!

C'est toujours un plaisir pour moi que de Vous exprimer des souhaits de félicité parceque j'en porte continuellement le désir dans mon coeur. Je Vous souhaite cette année une fête aussi gaie et aussi heureuse que quelques-unes de celles que j'ai eu le bonheur de passer avec Vous; si le ciel veut bien m'écouter, il Vous en accordera encore au moins une cinquantaine d'autres avec celles-là: qu'il y joigne pour moi une amitié constante de Votre part, et tout ira pour le mieux.

Je suis avec respect,
Votre neveu, etc.

LETTRE à un protecteur.

Monsieur!

Je saisis avec joie toutes les occasions qui se présentent de Vous marquer mes respects et ma reconnaissance, et je ne pouvois laisser passer Votre fête, sans renouveler l'expression de mon hommage sincère. Je Vous prie donc de le recevoir avec la bonté qui Vous caractérise. Aux voeux que je fais au ciel pour qu'il Vous comble de jours et de prospérité, j'en

ein langes Leben und Glück verleihe, gesellt sich noch ein anderer, nämlich: daß er mir Ihr Wohlwollen und Ihre Gunst erhalte, welche mir bereits so nützlich waren.

Ich verbleibe achtungsvoll, mein Herr,
Ihr gehorsamster 2c.

Schreiben eines Sohnes an seinen Vater.

Theurer und verehrungswürdiger Vater!

Ihr Namenstag führt mich zu Ihnen zurück, oder läßt mich, besser zu sagen, unsere Trennung desto tiefer empfinden. Erlauben Sie mir, daß ich mich einen Augenblick in meiner Phantasie zu Ihnen versetze, um Ihnen meine Achtung an Tag zu legen, Ihnen eine glückliche Namensfeier und ein langes Leben zu wünschen, und von Ihnen einen Kuß zu empfangen, den Ihr Segen begleitet. Dieß sind die Wünsche Ihres Sohnes; und wenn mir in meiner Entfernung noch ein Trost übrig bleibt, so ist es der Gedanke, daß ich Ihr Herz hinlänglich kenne, um mit Ueberzeugung hoffen zu dürfen, daß Sie meine Wünsche freudig aufnehmen und mir den Segen ertheilen werden, um den ich Sie bitte.

Ich benutze die Gelegenheit dieses Schreibens, um meine gute und liebe Mutter zu umarmen, die die zärtlichsten Gesinnungen Ihres Sohnes mit Ihnen theilet.

Von den Glückwünschungs= schreiben.

In einem Glückwünschungsschreiben, welches so, wie alle Komplimente, kurz seyn muß, erwähnt man der Beschaffenheit der bewilligten Gnade, des Verdienstes dessen, welcher sie erhält, der Beurtheilungskraft dessen, welcher sie vertheilt. Da ist es eine Belohnung für lange Arbeiten, hier ist es ein Schritt zu größeren Würden, dort die Vorbedeutung einer noch höhern Beförderung. Man bemerke hiebei, daß das bloße Ungefähr seine Gunstbezeigungen nicht

ajoute un autre, c'est qu'il me conserve votre bienveillance et l'honneur de cette protection qui m'a déjà été si utile.

Je suis avec respect, Monsieur,
Votre très humble etc.

LETTRE d'un fils à son père.

Mon cher et respectable père!

Le jour de Votre fête me semble ramener auprès de Vous, ou, pour mieux dire, me fait sentir plus vivement notre séparation. Permettez que je m'y transporte un instant en imagination, pour Vous marquer mon respect, Vous souhaiter une heureuse fête et des jours nombreux, et recevoir un baier que Votre bénédiction accompagnera. Tels sont les voeux de Votre fils; et si j'ai une consolation dans mon éloignement, c'est de connoître assez Votre coeur pour être persuadé que Vous les acceuilliez avec joie, et que Vous prononcerez la bénédiction que je Vous demande.

Je profite de l'occasion de cette lettre pour embrasser ma bonne et chère maman, qui, avec Vous, partage les sentimens les plus tendres et les plus respectueux de Votre fils, etc.

Des Lettres de félicitation.

Dans un compliment de félicitation qui doit être court comme tous les complimens, on appuie sur la nature des grâces accordées, sur le mérite de celui qui les obtient, sur le discernement de celui qui les dispense. Là, c'est une recompense bien due a de longs travaux; ici c'est un pas vers une plus grande dignité, c'est le présage d'un avancement plus considérable. On observe que le hazard ne distribue

vertheile, daß das Glück keine Binde um die Augen mehr habe, und sich endlich mit dem Verdienste aussöhne 2c.

Heiterkeit und Frohsinn müssen in Briefen dieser Art herrschen. Man muß darin gefühlvoll seyn oder doch scheinen. Ersteres macht sich das Herz zum Vergnügen, letzteres die Höflichkeit zur Pflicht. Der geringste Anstrich von Eifersucht oder Kälte würde in solchen Gelegenheiten eine unverzeihliche Unschicklichkeit seyn.

Muster.

Man wünscht einem Freunde Glück, welcher seinen Prozeß gewonnen hat.

Endlich siegen Sie, mein Herr, und ich freue mich eben so sehr darüber, als Sie. An der Güte Ihrer Sache habe ich nie gezweifelt, weil ich Ihren Edelsinn kenne, und daher voraus wußte, daß Sie keine ungerechte Sache vertheidigen konnten. Ich eile, Ihnen hiermit schriftlich meine Freude darüber an Tag zu legen, bis ich einmal die Gelegenheit habe, Ihnen dieselbe mündlich auszudrücken und sie zu versichern, wie sehr ich bin u. s. w.

Schreiben an einen Freund, welcher von einer Reise zurückgekommen ist.

Ich freue mich sehr, mein Herr, über Ihre glückliche Rückkehr. Ich hätte Ihnen meine Freude darüber bereits geäußert, wenn ich nicht gefürchtet hätte, die Ruhe zu stören, deren Sie nach so vielen erlittenen Mühseligkeiten bedürfen. Sie sind also wieder im Kreise Ihrer Freunde! Diese sehnten sich lange darnach, und ich war nicht der letzte, welcher auf Ihre Rückkehr harrte. Da Sie uns das Herz wiederbringen, welches wir an Ihnen kennen, so bitte ich Sie, zu glauben, daß das meinige stets unverändert geblieben ist, und daß ich stets mit der nämlichen Hochachtung und Anhänglichkeit verbleibe

Ihr u. s. w.

---

plus ses faveurs, que la fortune n'a plus de bandeau et qu'elle se réconcilie enfin avec le mérite etc.

La satisfaction et la joie doivent se montrer dans ces sortes de lettres; il faut y peindre ou y feindre le sentiment. Le cœur se fait un plaisir de l'un; la politesse se fait un devoir de l'autre. La moindre teinte de jalousie ou de froideur seroit dans ces occasions, une inconvenance impardonnable.

Modèles.

Pour féliciter un ami sur le succès d'un procès.

Vous triomphez enfin, Monsieur, et je m'en rejouis autant que Vous. Je n'ai jamais douté de la bonté de Votre cause, parceque, connoissant la droiture de Vos sentimens, je savois d'avance que Vous ne pouviez poursuivre ce qui n'auroit pas été juste. Je m'empresse de Vous marquer ma joie par écrit, en attendant que je puisse Vous la témoigner de vive voix, et Vous assurer, combien je suis etc.

LETTRE à un ami de retour d'un voyage.

Je me rejouis beaucoup, Monsieur, de Votre heureuse arrivée; j'aurois déjà été Vous en marquer ma joie, si je n'eusse craint de troubler le repos dont Vous devez avoir besoin après tant de fatigues. Vos amis vont donc encore Vous posséder! Ils le désiroient depuis long-temps, et je n'étois pas des derniers à former des voeux pour Votre retour. Comme Vous nous rapportez le coeur que nous Vous avons connu, je Vous prie, en particulier, de croire que le mien n'a pas changé et que je suis toujours avec la même considération et le même attachement,

Votre etc.

Schreiben an eine Dame über ihre Genesung.

So groß als meine Besorgnisse und Furcht während Ihrer Krankheit waren, so groß ist jetzt meine Freude, da ich vernehme, daß Ihre Gesundheit wieder zurückgekehrt und Sie blos der Natur ihren Gang lassen dürfen. Ich wage es nicht, einer Person Vorsichtigkeit anzuempfehlen, welche die Vorsicht selbst ist; jedoch kann ich aus Freundschaft nicht umhin, Sie zu bitten, behutsam zu seyn. Jeder Tag wird Ihnen einen Theil Ihrer Kräfte zurückgeben; schonen Sie nur dieselben. Genießen Sie dieselben, ohne sie zu sehr anzustrengen, und dann werden wir das Vergnügen haben, Sie in Ihrer blühenden Gesundheit und Liebenswürdigkeit wiederzusehen. Hätten Wünsche es vermocht, Sie von Ihren Schmerzen zu befreien, so würden die meinigen sicher dies Wunder bewirkt haben.

Ich verbleibe u. s. w.

Schreiben an einen Freund, welcher eine Bedienung erhalten hat.

Mein Herr!

Ich vernehme so eben, daß Ihre Tugend den verdienten Lohn erhalten hat, und daß Sie die Stelle als . . . . . bekleiden, welcher Sie mehr Ehre machen, als sie Ihnen macht, weil Sie einer noch höhern würdig sind. Sollte das Glück Sie auch mit seinen höchsten Gunstbezeigungen überhäufen, so würde es doch meine Wünsche nicht befriedigen, und erhöbe es Sie zu den höchsten Stufen des Ruhmes, so würde es Ihnen doch noch weniger geben' als Sie verdienen. Ich hoffe von Ihrer Freundschaft, daß die edlen Verrichtungen Ihres Amtes mich nicht aus Ihrem Andenken verdrängen werden, weil ich stets war und zeitlebens verbleiben werde,

mein Herr,

Ihr u. s. w.

LETTRE à une Dame sur sa convalescence.

Autant que j'ai eu d'inquiétudes et de craintes dans le cours de Votre maladie, autant j'éprouve de joie en apprenant que Votre santé se rétablit, et que Vous n'avez plus qu'à laisser faire la nature. Je n'ose dire, soyez prudente, à une personne qui est la prudence même; mais mon amitié ne peut s'empêcher de vous engager à prendre des précautions: chaque jour vous rendra un peu de vos forces: ménagez-les: jouissez-en sans le trop mettre à l'épreuve, et nous finirons par vous revoir aussi bien portante et toujours aussi aimable que nous vous avons vue. S'il n'eût fallu que des voeux pour vous préserver des maux qui vous ont fait souffrir, vous ne doutez pas que les miens eussent opéré ce prodige.

Je suis etc.

LETTRE à un ami, sur une charge qu'il vient d'obtenir.

Monsieur!

J'ai appris que votre vertu reçoit la recompense qui lui est due, et que vous exercez à présent la charge de N., à laquelle vous faites plus d'honneur qu'elle ne vous en fait, puisque vous êtes digne d'une plus illustre encore. Quand la fortune feroit tous ses efforts pour vous combler d'honneurs, elle ne satisferoit pas à mes désirs, et quand elle vous éleveroit au plus haut dégré de la gloire, elle donneroit beaucoup moins que vous ne méritez. J'espère de notre amitié que ces nobles occupations, aux quelles votre dignité vous attache, ne m'effaceront point de votre souvenir, puisque j'ai toujours été et que je serai toute ma vie,

Monsieur,

Votre etc.

Antworten auf Glückwünſchungs-ſchreiben.

Schreiben an einen Freund, welcher um unſere Geſundheit beſorgt iſt.

Ich kann Ihnen, mein Herr, für die freund-ſchaftliche Theilnahme, welche Sie über die Wiederherſtellung meiner Geſundheit äußern, nicht genug danken. Ich fühle in der That, daß meine Kräfte mit jedem Tage zunehmen; allein, ich befolge ihren weiſen Rath; ich ſchone ſie. Am härteſten fällt es mir, meine Eßluſt im Zaume zu halten, welche alles ver-ſchlingen will, was man ihr vorſetzt. Die Wünſche, welche Sie gegen mich äußern, rühren mich ſehr, und ich wünſche die Erfül-lung derſelben herzlich, um Ihnen beweiſen zu können, wie innig ich bin, mein Herr,
Ihr u. ſ. w.

Schreiben an einen Freund.

Ich danke Ihnen herzlich, mein Herr, für den Antheil, welchen Sie an der Gnade neh-men, welche der Kaiſer mir erzeigt hat. Ich wünſche, daß dieſe mir häufige Gelegenheit verſchaffen möchte, Ihnen zu beweiſen, wie ſehr Ihr Andenken mich freut, und wie ſehr ich bin u. ſ. w.

Von Beileidsbezeugungen.

Witz und ſpaßhafte Einfälle müſſen aus einem Bedaurungsſchreiben ſtrenge verbannt ſeyn. Weinet mit dem, welcher weinet; vermiſchet eure Thränen mit den ſeinigen, und ihr werdet ihm dadurch mehr Theilnahme einflößen, als eure ſinnreichen und ge-künſtelten Gedanken ihm Troſt verſchaffen würden.

Wenn er einen Sohn, eine Gattin, eine Freundin verloren hat, ſo lobet dieſelben mit ihm, Indem ihr auf

Réponses à des Lettres de féli-citation.

LETTRE à un ami, qui s'intéresse à notre santé.

Monsieur, je ne puis assez vous remer-cier des marques d'amitié que vous me donnez sur le rétablissement de ma santé: je sens en effet mes forces croître chaque jour; mais j'use de vos sages conseils, je les ménage. Ce qui me coûte le plus, est de modérer un appétit qui semble prêt à dévorer tout ce qu'on pourroit lui offrir. Je suis très-sensible aux voeux que vous avez faits pour moi; j'en souhaite de tout mon coeur l'accomplissement, afin d'être en état de vous faire connoître, combien je suis sincèrement, Monsieur,
Votre etc.

LETTRE à un ami.

Je vous suis extrêmement obligé, Mon-sieur, de la part, que vous voulez bien prendre à la grâce que l'Empereur vient de m'accorder. Je souhaiterois qu'elle put me fournir de fréquentes occasions de vous témoigner combien je suis sensible à l'honneur de votre souvenir, et à quel point je suis, etc.

Des Lettres de condoléance.

La plaisanterie et les bons mots doivent être sévèrement bannis d'un compliment de condo-léance. Pleurez avec celui qui pleure; mêlez vos larmes avec les siennes et vous lui prou-verez plus d'intérêts que vos ingénieux discours ne lui apporteraient de consolation.

S'il a perdu un fils, une épouse, un ami, faites en l'éloge avec lui: en vous associant ainsi

diese Art an seiner Betrübniß Antheil nehmet, werbet ihr ihn leichter stimmen, die Trostgründe anzunehmen, welche Philosophie und Religion gegen heillose Leiden einflösen.

Allein am Schlusse des Briefes lasset in der Ferne jene sanfte Hoffnung durchschimmern, welche für eine niedergeschlagene, betrübte Seele das ist, was dem betrübten Ackermann an einem gewittervollen Tage der Regenbogen ist, welcher ihm heiteres Wetter verspricht.

Muster.

Schreiben an einen Freund über den Tod seines Vaters.

Der Verlust Ihres Herrn Vaters ist mir äußerst empfindlich, und ich nehme Antheil an Ihrem gerechten Schmerze. Er hinterläßt Ihnen die wahren Güter, nämlich seine Tugenden und sein gutes Beispiel, ferner die triftigsten Trostgründe, welche in einer langjährigen Weisheit, einem tadellosen Leben und einem patriarchalischen Tode bestehen. Ich wünsche Ihnen eine eben so lange Ausübung guter Werke, und in der innigsten Ueberzeugung, daß zur Vollkommenheit Ihres Verdienstes weiter nichts fehle, als dasjenige, was ein Alter, wie das seinige, noch hinzufügen kann, so wünsche ich Ihren Kindern Glück, daß sie in Ihnen wiederfinden, was Sie in Ihrem Vater verlieren.

Schreiben an Jemanden, welcher seine Schwester verloren hat.

Mit großem Leidwesen, mein Herr, habe ich den Verlust vernommen, den Sie an Ihrer Jungfer Schwester erlitten haben. Ich traure mit Ihnen über dies Ereigniß, denn außer dem Antheile, den ich an allem nehme, was Sie betrifft, hatte ich auch noch die Ehre, sie zu kennen, und schätzte sie so sehr, als sie es verdiente. Ich weiß, daß Sie bei Ihrer Fassung und Weisheit diesen harten Schlag des

aux peines qu'il souffre, vous le disposerez plus facilement à recevoir de vous les adoucissemens que la philosophie et la religion seules apportent aux maux qui sont sans remède.

Mais finissez toujours par faire briller dans le lointain cette douce espérance qui est pour l'âme abattue et déchirée ce qu'est au laboureur désolé par l'orage, l'arc céleste qui lui en annonce la fin, et lui promet la sérénité.

Modèles.

LETTRE à un ami sur la mort de son père.

Je regrette bien, Monsieur, la perte que vous venez de faire de Monsieur votre père, je compatis à votre douleur. Il vous laisse les véritables biens, qui sont ses vertus et ses bons exemples; et les plus solides consolations, qui sont une longue continuation de sagesse, une vie irréprochable et une mort de patriarche. Je vous souhaite une aussi longue pratique des bonnes oeuvres; et persuadé qu'il ne manque à la perfection de votre mérite, que ce qu'un âge comme le sien y peut ajouter, je félicite vos enfans de trouver en vous ce que vous perdez en votre père.

LETTRE à une personne sur la perte de sa soeur.

J'ai appris avec une véritable douleur, Monsieur, la perte que vous avez faite de Mademoiselle votre soeur. Je m'en afflige avec vous; car, outre la part que je prends à tout ce qui vous touche, j'avois l'honneur de la connoître, et je l'estimois autant qu'elle le méritoit. Votre fermeté et votre sagesse ont dû vous faire soutenir ce coup avec courage, et votre piété

Schicksals mit männlicher Gelassenheit ertragen haben, und Ihre Frömmigkeit hat Ihnen alle Trostgründe eingeflößt, welche die Religion den Menschen in diesen traurigen Begebenheiten an die Hand gibt. Mir genügt es daher, daß ich Ihnen die Versicherung gebe, daß Ihnen nichts begegnen kann, woran ich nicht den lebhaftesten Antheil nehme.

Ich verbleibe u. s. w.

Schreiben an einen Freund über den Verlust seiner Gattin.

Mein Freund, ich fühle Ihren Verlust in seinem ganzen Umfange, und ich schreibe Ihnen nicht, um sie zu trösten, sondern um mit Ihnen zu weinen. Diejenige, deren Verlust Sie in Betrübniß versetzt, hatte alle Tugenden, welche die Personen ihres Geschlechts auszeichnen, die man am meisten achtet. Unmöglich war es, eine bessere Hausmutter, eine bescheidenere und zugleich eine liebenswürdigere Frau zu finden. Durch ihre Sanftmuth verbreitete sie Segen und Glück um sich her; sie hatte tausend vortreffliche Eigenschaften, und Sie waren derjenige, den sie liebte, Sie, den sie zum glücklichsten der Sterblichen machte.

Ich fühle, daß ich die blutende Wunde Ihres Herzens von neuem aufreisse; doch, bester Freund, was könnte ich thun, um Ihren Schmerz zu mildern? Wir sind derjenigen, deren Tod uns in Trauer versetzt, gerechtes Lob und Thränen schuldig; und wenn irgend etwas vermögend ist, uns zu trösten, so ist es der Gedanke, daß die Tage dieses unglückseligen Lebens uns sparsam zugemessen sind, und Gott uns ein zweites Leben verheißt, wo alle Freunde sich wieder vereinigen, um sich nie mehr zu trennen. Dies ist unsere Hoffnung, mein Freund, und da werden Sie diejenige wiederfinden und besitzen, um deren Verlust Sie in diesem Jammerthale trauern.

Wenn aufrichtige Freundschaft und unbegränzte Ergebenheit vermögend sind, Balsam in Ihre Wunde zu giessen, so seyen sie überzeugt, daß Sie diese Gesinnungen finden in Ihrem u. s. w.

vous a rappelé toutes les consolations que la religion donne aux hommes dans ces tristes événemens; je me contenterai donc de vous assurer, qu'il ne peut rien vous arriver sans que je m'y intéresse extrêmement.

Je suis etc.

LETTRE à un ami qui a perdu son épouse.

Mon ami, je sens toute l'étendue de votre perte; et ce n'est point pour vous consoler, mais pour pleurer avec vous, que je vous écris. Celle dont la mort vous afflige, avoit toutes les vertus qui distinguent les personnes de son sexe que l'on estime le plus: on ne pouvoit trouver une meilleure mère de famille, une femme plus modeste, et en même temps plus aimable: sa douceur entretenoit la paix et le bonheur autour d'elle; elle avoit mille excellentes qualités, et c'étoit vous qu'elle aimoit, vous qu'elle vouloit rendre le plus heureux des hommes!

Je sens que je déchire votre coeur déjà cruellement navré; mais, mon ami, que pourrois-je faire qui fermât une blessure si douloureuse? Nous devons à celle dont la mort nous laisse dans le deuil, un juste tribut d'éloges et de larmes; et s'il est quelque chose qui puisse nous consoler, c'est que les jours de cette malheureuse vie ne sont pas si nombreux; et que la divinité nous permet d'espérer une autre existence où tous les amis seront sans doute réunis, et pour ne plus se quitter. Voilà notre espoir, mon ami; et c'est là que vous retrouverez et que vous posséderez encore celle que vous pleurez dans cette vallée de misère.

Si une amitié sincère et un dévouement sans bornes peuvent jeter quelque baume sur vos maux, croyez que vous trouverez ces sentimens dans votre, etc.

5

Schreiben an eine Frau über den Tod ihres Mannes.

Madame!

Ich werde es nicht unternehmen, Ihren Schmerz zu lindern; jener, so ich empfinde, bewegt mich vielmehr, mit Ihnen zu betrüben. Derjenige, welchen wir verloren, war mein Freund, und er hatte mir durch mehrere Dienstleistungen Beweise seiner Freundschaft gegeben. Könnte ich unterlassen, meine Thränen mit den Ihrigen zu vereinigen? Wenn jedoch etwas vermögend ist, meine Betrübniß zu lindern, so ist es das Andenken an seine Tugenden und seine Hoffnung, zu der Zahl der Seligen überzugehen. Gegenwärtig genießt er die Glückseligkeit, welche für die Rechtschaffenen jenseits aufbewahrt ist. Wer konnte mehr Anspruch auf dieselbe haben, als er? Sie wissen es, Madame, Sie, die während eines so langen Zeitraums Zeugin aller Handlungen seines Lebens waren. Möge dieser Gedanke wenigstens trostreich für Sie seyn, und bewirken, daß Sie sich in den Willen Gottes finden, den wir auch dann noch anbeten müssen, wenn er uns seine härtesten Streiche versetzt. Selbst diese heftigen Schläge des Schicksals, welche uns so häufig in diesem Leben treffen, sind für uns Warnungen, und wapnen uns gegen den schrеckenvollen Augenblick, welcher uns diesem Erdenleben entrückt, indem sie uns schon im voraus dieser Welt entziehen, wo wir bloße Wanderer sind. Wir werden denjenigen wiedersehen, der uns so theuer war, Madame; diese Hoffnung hat Gott dem Menschen verliehen, den er mit gefühlvollem Herzen schuf! Denken Sie aber einstweilen, daß heilige Pflichten und Ihre Zärtlichkeit selbst Sie noch an die Erde fesseln und Sie zwingen, Ihre Leiden muthig zu ertragen. Ihre Kinder haben Niemanden mehr, als Sie; und Sie sind denselben Ihre Erhaltung schuldig; pflegen Sie diese jungen Pflanzen. Dies ist der sicherste und süßeste Trost für eine Seele, wie die Ihrige. Sie werden sie mit jedem Augenblicke an ihren

LETTRE à une femme, sur la mort de son mari.

Madame!

Je ne veux pas entreprendre de faire cesser votre douleur; celle que je ressens me porte plutôt même à m'affliger avec vous. Celui que nous venons de perdre, étoit mon ami; et son amitié s'étoit montrée par plusieurs services: pourrois-je m'empêcher de mêler mes larmes aux votres? Si quelque chose cependant peut modérer mon affliction, c'est le souvenir de ses vertus, et l'espérance qu'il avoit en la justice divine: il ne peut aujourd'hui que jouir de la félicité reservée aux gens de bien. Qui y avoit plus de droit que lui? Vous le savez, Madame, vous qui, pendant un si long espace, avez été temoin de toutes les actions de sa vie. Que cette pensée au moins nous console et nous fasse résigner aux volontés de Dieu, que nous devons encore adorer, quand il nous porte ses plus rudes coups! Ces sortes douleurs mêmes qui viennent altérer si sensiblement le cours de notre vie, sont de grands avertissemens pour nous et en même temps ils nous rendent moins sensible l'instant fatal qui doit nous enlever aussi, en nous détachant d'avance de ce monde où nous ne devons que passer. Nous reverrons celui qui nous fut si cher, Madame; c'est un espoir que Dieu laisse à l'homme qu'il a créé sensible. En attendant songez que des devoirs sacrés, et votre tendresse même vous attachent encore à la terre et vous forcent à soutenir vos peines avec courage: vos enfans n'ont plus que vous, et vous vous devez toute entière à eux. Cultivez ces jeunes plantes, c'est la plus belle et la plus douce consolation qui convienne à une âme comme la vôtre. Ils vous rappelleront à chaque instant leur père; mais la douleur qu'ils entretiendront tournera à leur profit, et ne vous sera pas nuisible. J'étois l'ami de

Vater erinnern; aber der Schmerz, den sie nähren, wird denselben zum Nutzen gereichen und Ihnen nicht schaden. Ich war der Freund Ihres achtungsvollen Gatten; ich hätte mein Leben für ihn gegeben. Genehmigen Sie, Madame, die nämlichen Gesinnungen für Sie und Ihre Kinder, und erlauben Sie, daß ich mich nenne

Ihren u. s. w.

Schreiben, um einen Kranken zu trösten.

Die Nachricht von Ihrer Krankheit, mein Herr, hat mich um so mehr betrübt, da meine Geschäfte mich an diesen Ort fesseln und mir das Vergnügen rauben, Ihnen selbst mein Leidwesen zu bezeugen. Ich bitte Sie jedoch, mein Herr, mir so oft als möglich von dem Zustande Ihres Befindens Nachricht zu ertheilen, damit ich aus der Unruhe komme. Der Frühling naht heran; diese Jahrszeit wird Ihnen sicher günstig seyn, und ich bin überzeugt, daß Sie in Kurzem einige Besserung verspüren werden. Dies wünsche ich von ganzem Herzen, und bitte Sie, mich jederzeit zu halten für

Ihren u. s. w.

Schreiben über ein Unglück.

Ihr Unglück, mein Herr, hat mich so sehr betroffen, als wenn es mir selbst begegnet wäre, und ich bin überzeugt, daß Sie in diesem unglücklichen Ereignisse weniger den Verlust bedauern, den Sie erlitten haben, als die Unannehmlichkeiten, von welchen solche Begebenheiten jederzeit begleitet sind. Indem wir diese Erde betreten, sind wir alle dem Schicksale unterworfen, und die glücklichsten Menschen sind diejenigen, welche diese Schuld des Schicksals bereits abgetragen haben. Wir wollen hoffen, daß wir jetzt einander nichts mehr schuldig sind, und daß die Zukunft sich in einem günstigern Lichte zeigen werde. Wenn der Himmel meine Wünsche erhört, so wird Ihr Loos auf Erden sicher glänzend seyn.

votre respectable époux, j'eusse donné ma vie pour lui. Veuillez, Madame, agréer les mêmes sentimens pour vous et vos enfans; et me permettre de me dire

Votre etc.

Lettre, pour consoler une personne malade.

La nouvelle de votre maladie, Monsieur, m'a causé d'autant plus de peine, que mes affaires, en me retenant ici, m'ôtent la satisfaction que j'éprouverois à vous témoigner moi-même mon chagrin; mais, je vous en prie, Monsieur, faites-moi savoir l'état de votre santé chaque fois qu'il vous sera possible, afin que mes inquiétudes me laissent un peu plus de repos. Le printemps vient, cette saison vous sera certainement favorable, et je suis persuadé qu'avant peu vous éprouverez quelque changement en mieux. Je le souhaite de tout mon coeur, et vous prie de me croire

Votre etc.

Lettre sur une disgrace.

Votre disgrace, Monsieur, m'a été aussi sensible que si elle me fût arrivée à moi-même. Mais je suis bien persuadé que dans cette malheureuse circonstance, vous voyez moins les pertes que peut regretter l'intérêt, que le désagrement qui accompagne toujours ces sortes d'événemens. Nous naissons tous tributaires du sort, et les plus heureux sont ceux qui ont passé cette dette: espérons que nous voilà quittes maintenant, et que l'avenir se présentera sous un jour plus favorable. Si mes voeux sont écoutés du ciel, votre destin sera certainement des plus heureux etc.

* 5

Schreiben an einen Mann über den Tod seiner Frau.

Ich verlangte Nachrichten von Ihnen, mein Herr; ach, ich ahnete den Schmerz nicht, den mir die ersten verursachen sollten, die ich von Ihnen erhielt. Ich fühle den Verlust, den Sie mir anzeigen, so wie Sie ihn selbst fühlen, und es ist sehr natürlich, daß man Antheil an den Leiden seines Freundes nehme. Das Ihrige würde mich schon an und für sich seiner Umstände wegen rühren, und wenn es auch nur eine gleichgültige Person beträfe. Ich bedaure Sie, mein Herr, und Sie würden mich vielleicht auch bedauern, wenn Sie wüßten, welchen Antheil ich an Ihrem Leidwesen nehme. Verwundern Sie sich nicht darüber, durch mannigfaltiges Unglück bin ich mehr gegen eigene als fremde Leiden abgehärtet.

Lettre à un mari sur la mort de sa femme.

Je vous demandois des nouvelles, Monsieur; hélas! je ne songeois guères à la douleur que devoit me causer la première que je recevrois de vous! Je sens la perte que vous m'apprenez, comme vous la sentez vous-même, il est bien naturel de compâtir aux malheurs de son ami; mais le votre me toucheroit par ses circonstances, quand il ne regarderoit qu'une personne indifférente. Je vous plains, Monsieur, vous me plaindriez peut-être à votre tour, si vous pouviez concevoir toute la part que je prends à votre affliction. Ne vous en étonnez pas; à force d'être malheureux, je suis devenu moins sensible à mes malheurs qu'aux malheurs d'autrui.

Antworten auf Beileidsbezeugungen.

Schreiben an einen Freund.

Ich danke Ihnen, mein Herr, für den Antheil, den Sie an meiner Lage nehmen, und fange bereits an, die Wirkungen Ihrer wohlthätigen Weissagungen zu empfinden. Die mildere Luft hat mir wohlgethan, allein ich bin noch sehr schwach; verzeihen Sie, daß ich Ihnen nicht mehr schreibe. Es bleibt mir doch noch Kraft genug übrig, um mich zu nennen

Ihren u. s. w.

An einen andern.

Nichts ist süßer in der Freundschaft, als der Ausdruck einer wahren Theilnahme; und diese kann man nicht besser an Tag legen, als durch Mitgefühl der Leiden derjenigen, die man liebet. Ihr Schmerz über die schlimme Lage meiner Angelegenheiten nimmt mir die

Réponses à des Lettres de condoléance.

Lettre à un ami.

Monsieur, je vous remercie de l'intérêt que vous prenez à mon état, et je commence à sentir l'effet de votre bienveillante prédiction. L'air, en s'adoucissant, semble m'avoir mis plus à mon aise; mais je suis encore bien foible; pardonnez-moi si je ne vous en écris pas d'avantage; il me reste cependant encore assez de force pour me dire, Monsieur,

Votre, etc.

A un autre.

Bien n'est si doux en amitié, que l'expression d'un véritable intérêt, et on ne s auroit mieux le témoigner qu'en prenant part aux malheurs de ceux qu'on aime. Votre déplaisir du mauvais succès de mes affaires emporte la moitié du mien, et me

Hälfte des meinigen ab, und setzt mich in den Stand, den Ueberrest geduldig zu ertragen.

Ich verbleibe u. s. w.

An einen andern.

Ich danke Ihnen recht sehr für die Ehre, welche Sie mir erweisen, sich meiner in meinem Unglücke zu erinnern. In solchen Augenblicken erkennt man seine wahren Freunde. Ich werde emsig jede Gelegenheit aufsuchen, Ihnen für diesen Beweis der Freundschaft meine Dankbarkeit an Tag zu legen. Unterdessen mache ich mir ein Vergnügen, Sie zu versichern, daß ich aufrichtig bin, mein Herr,

Ihr u. s. w.

Schreiben einer Dame an einen Freund über den Tod einer verehrungswürdigen Person.

Der Verlust alter Leute ist immer empfindlich, wenn man Ursache hatte, Sie zu lieben, und Sie immer um sich gesehen hat. Mein werther Oheim war achtzig Jahre alt. Dieß Alter beugte ihn nieder, er war kränklich und über seinen Zustand traurig. Das Leben war ihm bloß zur Last. Was hätte man ihm denn wohl wünschen sollen? Eine Fortsetzung seiner Leiden? Diese Gedanken flößten mir die nöthige Geduld ein. In sieben Tagen endigte er sein langes und ehrenvolles Leben in Gefühlen von Frömmigkeit, Buße und Liebe zu Gott, welche uns Gnade für ihn hoffen lassen.

Von Begehrungsschreiben.

Der Ton eines Begehrungsschreibens muß einfach und bescheiden seyn, und zwar nach dem Range derjenigen, an welche man schreibt, und dem Stande desjenigen, welcher bittet. Verlangt man etwas mit Stolz, so erhandelt man eine abschlägige Ant-

---

met en état de supporter doucement ce qui m'en reste.

Je suis etc.

A un autre.

Je suis extrêmement sensible à l'honneur que vous me faites de vous souvenir de moi dans mon malheur: c'est le moment où l'on reconnoit [ses vrais amis. Je chercherai avec soin les occasions de vous marquer ma reconnoissance de cette preuve d'amitié. En attendant, je me fais un plaisir de vous assurer que je suis véritablement, Monsieur,

Votre etc.

Lettre d'une Dame à un ami, sur la mort d'une personne estimable.

La perte qu'on fait de vieilles gens n'empêche pas qu'elle ne soit sensible, quand on a de grandes raisons de les aimer et qu'on les a toujours vues. Mon cher oncle avoit quatre-vingt ans; il étoit accablé de la pesanteur de cet âge; il étoit infirme et triste de son état. La vie n'étoit plus qu'un fardeau pour lui: qu'eût-on donc voulu lui souhaiter? Une continuation de souffrances? Ce sont ces réflexions qui m'ont aidé à me faire prendre patience. En sept jours il a terminé sa longue et honorable vie, avec des sentimens de piété, de pénitence et d'amour de Dieu, qui nous fait espérer sa miséricorde pour lui.

Des Lettres de demandes.

Le ton d'une lettre de demande doit être simple et modeste, à proportion de l'élévation de ceux à qui l'on adresse et de la qualité de celui qui prie. Demander avec hauteur, c'est marchander un refus. Il faut aussi parler de

wort. Von sich selbst muß man auch am wenigsten sprechen. Wenn man etwas verlangt, so ist man gezwungen, zu loben. Allein zu starkes Lob ist grob, und beleidigt leicht diejenigen Personen, welche gesunden Menschenverstand haben.

soi le moins possible en demandant. On est forcé de louer quand on demande. Mais de trop fortes louanges sont grossières et choquent volontiers les personnes qui ont du bon sens.

Muster.

Schreiben an einen Freund, um durch seine Vermittelung bei einem Minister eine Gnade zu erhalten.

Mein Herr!

Der Einfluß, welchen Sie beim Minister haben, ist eine Wirkung Ihres Verdienstes und seiner Beurtheilungskraft. Ich hätte Ihnen gerne den ruhigen Genuß desselben gewünscht, ohne je nöthig zu haben, zu Ihnen meine Zuflucht nehmen zu müssen; meine Freundschaft würde Ihnen uneigennütziger geschienen haben, obgleich sie es nicht mehr gewesen wäre; allein die Umstände zwingen mich, anders zu handeln, und ich freue mich, daß derjenige, welcher mir nützlich seyn kann, mir mehrere Male zu versichern beliebte, daß ich zur Zahl seiner Freunde gehöre. Wenn ich mein Herz frage, so fühle ich mich eines solchen Glückes werth. Dieß macht mich also so dreist, daß ich ohne weitere Umstände, voll Hoffnung auf Ihren Schutz, zur Sache schreite. (Nun folgt die umständliche Erzählung des Gesuchs, welches diesen Brief veranlaßt).

Dieß ist die Freundschaft, welche ich von Ihnen verlange. Sie sehen, daß dieselbe für mich von großer Wichtigkeit ist. Ich bin aber versichert, daß meine Sache eine günstige Wendung nehmen wird, wenn Sie dieselbe nur etwas unterstützen. Ich werde Ihnen mit weiter nichts beschwerlich fallen. Ich würde nicht nur befürchten, Sie möchten glauben, daß ich an Ihrer Theilnahme zweifle, sondern Ihnen auch das Vergnügen zu beschränken, welches Sie jederzeit darin fanden, mir eine Freundschaft zu erweisen.

Ich bin u. s. w.

Modèles.

Lettre à un ami, pour obtenir par son entremise, quelque grâce auprès d'un Ministre.

Monsieur!

Le crédit dont vous jouissez auprès du Ministre, est un effet de votre mérite et de son discernement. J'aurois désiré de vous en voir jouir sans être obligé d'y avoir recours; mon amitié vous en eût paru plus désintéressée, quoique cependant elle ne l'eut pas été d'avantage; mais les circonstances me contraignent d'agir autrement, et je me félicite encore de ce que celui qui peut m'être utile, a bien voulu m'assurer plusieurs fois que j'étois du nombre de ses amis. Si je consulte mon coeur, je me sens digne d'un semblable bonheur; j'en agis donc avec plus de hardiesse et d'espoir. Je m'explique: (Ici se trouve le détail de l'affaire qui occasionne cette lettre).

Voilà le service que j'attends de vous; il est comme vous le voyez, d'une grande importance pour moi. Mais je suis très assuré que, pour peu que vous daigniez m'appuyer, mes affaires prendront la tournure la plus heureuse. Je ne vous solliciterai pas d'avantage; j'appréhenderois non seulement de vous faire croire que je doute de vous, mais encore de diminuer le plaisir que vous m'avez toujours témoigné prendre à m'obliger.

Je suis etc.

Man begehrt Protektion für sich selbst.

Mein Herr!

Sie hatten die Güte, mir zu erlauben, daß ich in den wichtigsten Angelegenheiten, welche mich betreffen könnten, meine Zuflucht zu Ihnen nehmen darf. Voll von diesem Zutrauen bitte ich Sie, mir Ihren Schutz zu verleihen. Ich siehe beim Minister um eine Leutenantstelle in dem Regiment N. für meinen Sohn an. Er dient bereits seit mehreren Jahren, und Sie wissen, daß ich einen Theil meines Lebens bei den Armeen verlebt habe. Darf ich, mein Herr, bei Ihnen anstehen, und Sie bitten, sein Gesuch zu unterstützen, und ihn beim Minister selbst zu empfehlen? Ich erwarte Ihre Antwort mit jener Hoffnung, welche Ihr Wohlwollen mir einflößt, und verbleibe in tiefer Achtung, mein Herr,

Ihr u. s. w.

Man begehrt von einem Minister eine besondere Audienz.

Gnädiger Herr!

Ich vernehme, daß Sie der Stimme, welche mich verläumdet, und mich ins Verderben stürzen will, Gehör geben. Sie sind mächtig, aber Sie sind gerecht; ich bin unglücklich, aber ich bin unschuldig. Ich bitte Sie, mich anzuhören, bevor Sie richten.
Ich verbleibe in tiefer Hochachtung
Ihr u. s. w.

Schreiben an einen Staatsrath, der Reichsgraf ist.

Herr Staatsrath!

Als ich zuletzt die Ehre hatte, Sie zu sehen, versprachen Sie mir gütigst, meine Sache, welche von dem Staatsrath entschieden wird, demselben vorzutragen. Ich nehme mir hiemit die Freiheit, meine Sache in Erinnerung zu bringen, und Ihnen noch einmal zu sagen, daß das Wohl und Wehe einer Familie von

Pour demander protection pour soi-même.

Monsieur!

Vous avez eu la bonté de me permettre de recourir à vous dans les affaires les plus importantes qui pouvoient me regarder. Dans cette confiance je vous prie de m'accorder votre protection. je demande au Ministre une lieutenance dans le..... régiment etc. pour mon fils. Voilà déjà plusieurs années qu'il sert; et vous savez que j'ai passé une partie de ma vie dans les armées. Puis-je, Monsieur, me présenter chez vous, pour vous prier d'apostiller sa pétition, et de la recommander au Ministre même? j'attendrai votre réponse avec l'espoir que votre bienveillance m'inspire, et je suis avec un profond respect, Monsieur,

Votre etc.

A un Ministre pour lui demander une audience particulière.

Monseigneur!

On me dit que vous prêtez l'oreille à la voix qui m'accuse et qui sollicite ma perte. Vous êtes puissant, mais vous êtes juste; je suis malheureux, mais je suis innocent. Je vous prie de m'entendre et de me juger.
Je suis avec un profond respect,
Votre etc.

Lettre à un Conseiller d'Etat, Comte de l'Empire.

Monsieur le Conseiller d'Etat!

La dernière fois que j'eus l'honneur de vous voir, vous eutes la bonté de me promettre de vous charger du rapport de mon affaire, dont la décision appartient au Conseil-Etat. Je prends la liberté de me rappeler à votre souvenir et de vous répéter que de cette décision dépend la for-

dieser Entscheidung abhängt, und daß sie in die tieffste Armuth versinken würde, wenn diese Hülfsquelle ihr geraubt würde.

Sie hatten die Gewogenheit, gnädiger Herr, mir zu versichern, daß Sie mir eine hülfreiche Hand leisten und sich meiner mit aller jener Wärme annehmen würden, welche eine so gerechte Sache, wie die meinige, einflößte. Ich habe die Ehre, mit der höchsten Hochachtung zu seyn

Ihr u. s. w.

Von Danksagungsschreiben.

Ein Danksagungsschreiben muß ehrerbietig, aber nicht kriechend; schmeichelhaft, aber nicht niederträchtig; ungezwungen, aber nicht unanständig; munter, aber nicht bis zur Uebertreibung seyn. Die Wendung muß anzeigen, daß die Dankbarkeit, welche so vielen andren eine Last seyn würde, für den Danksagenden nur eine Pflicht ist, die sich eben so leicht als angenehm erfüllen läßt.

Muster.

Man dankt Jemanden für seine Protektion, welche man nicht nachgesucht hat.

Mein Herr!

Ich bin über den Dienst, welchen Sie mir geleistet haben, von Dankbarkeit durchdrungen. Am meisten freut mich bei Ihrem Verfahren, daß Sie mir Ihren Schutz angedeihen ließen, ohne daß ich ihn nachgesucht habe. Ermessen Sie, mein Herr, nach dem Edelmuth Ihrer Handlung meine Dankbarkeit und Achtung. Wenn Ihre Güte unbegränzt ist, so ist das Gefühl meiner Erkenntlichkeit nicht minder in meinem Herzen unauslöschlich.

---

tune et le bonheur d'une famille, qui tomberoit dans la plus profonde indigence si cette ressource lui étoit enlevée.

Je ne doute pas, d'après les protestations de service que vous avez daigné me faire, que vous preniez mes intérêts avec toute la chaleur que peut inspirer une cause aussi juste que celle de celui qui a l'honneur d'être avec la plus haute considération, Monsieur le Comte,

Votre etc.

Des Lettres de remerciment.

Une lettre de remerciment doit être respectueuse sans bassesse, flatteuse sans flagornerie, légère sans inconvenance, gaie même sans excès. La tournure doit annoncer que cette reconnoissance qui pour tant d'autres est un fardeau, n'est pour celui qui remercie, qu'un devoir bien doux à remplir.

Modèles.

Pour remercier une personne de nous avoir donné sa protection, que nous ne lui demandions pas.

Monsieur!

Je suis pénétré du service que vous m'avez rendu; et ce qui charme le plus dans votre procédé, c'est que vous m'ayez accordé votre protection sans que je l'aie sollicitée. Par la noblesse de votre action, jugez, Monsieur, de ma reconnoissance et de mon respect. Si rien n'égale vos bontés, rien non plus n'égale le sentiment qui me les fait reconnoître.

Man dankt einer Dame für die Gefälligkeit, so Sie einer andern Dame bewiesen hat.

Madame!

Ich eile, Ihnen meinen Dank zu entrichten.
Meine Frau hat mir die treuen Freundschaftsdienste erzählt, welche Sie ihr geleistet haben.
Dies befremdete mich keineswegs; denn Ihr
Herz ist mir lange bekannt, und ich bin überzeugt, daß man dasselbe nicht genug hoch-
schätzen kann. Wird es mir denn auch ver-
gönnt seyn, Ihnen auszudrücken, wie sehr
mich Ihre edle Sorgfalt rührt? Sie werden
doch wohl hoffentlich nicht daran zweifeln,
daß es das höchste Vergnügen für mich seyn
würde, Ihnen oder den Ihrigen die meiner
Gattin geleistete Freundschaft zu erwiedern.
Allein ich mag nun das Glück haben, mich
meiner Schuld zu entledigen, oder Ihr ewiger
Schuldner bleiben, so werde ich darum nicht
minder Ihr bereitwilligster und ergebenster
Diener seyn.

**Schreiben an einen Wohlthäter, welcher
sich zu verbergen sucht.**

Mein Herr!

Hätten Sie nicht Ihre Wohlthaten so sorg-
fältig verhüllt, so würden Sie meine Dank-
sagung desto eher empfangen haben. Ich sage
es Ihnen rund heraus und ohne Complimente;
die Art, wie Sie sich gegen mich betragen
haben, bewegt mich zeitlebens zur lebhaftesten
Dankbarkeit, deren ich fähig bin. Vergebens
werden Sie mich zum Schweigen bringen wollen. Ich kann eine so edle Handlung nicht
verschweigen. Ich würde mich für den undank-
barsten aller Menschen halten, und das Gefühl einer solchen Last, welche Sie mir auf-
legten, würde drückender für mich seyn, als
Ihre geleistete Wohlthat. Thun Sie nur das
Gute im Verborgenen, mein Herr, nichts ist
schöner, allein nichts wäre tadelswerther, als

**Pour remercier une Dame des attentions
qu'elle a eues pour une autre Dame.**

Madame!

Je m'empresse de vous faire des remercîmens. Mon épouse vient de me marquer quels ont été les témoignages d'amitié
que vous lui avez donnés: cela ne m'a pas
surpris; car il y a long-temps que je connois
votre coeur, et que je suis persuadé qu'on
n'en sauroit faire trop d'estime. Me sera-t-il
donc donné de pouvoir, de mon côté,
vous montrer combien je suis sensible à
des attentions aussi généreuses? Je pense
au moins, Madame, que vous ne douterez
pas quelle joie j'aurois à rendre à vous
ou à ceux qui vous sont chers, les soins
que vous avez accordés à mon épouse;
mais que j'aie le bonheur de m'acquitter,
ou que je vous reste toujours redevable,
je n'en serai pas moins votre serviteur
le plus dévoué.

**LETTRE à un bienfaiteur qui cherche à
se cacher.**

Monsieur!

Si vous ne cachiez pas vos bienfaits
avec tant de soin, vous auriez eu plus
vîte mes remercîmens. Je vous le dis
sans détour et sans complimens; la manière dont vous venez de m'obliger, m'engage pour toute ma vie à la plus vive
reconnoissance dont je puisse être capable.
Vous aurez bien de la peine à me fermer
la bouche: je ne puis me taire sur une
action aussi généreuse. Je me croirois
un ingrat et ce seroit moins m'avoir obligé
que de m'avoir chargé d'un fardeau qui
me presseroit. Cachez-Vous pour faire le
bien, Monsieur; rien n'est plus beau: mais
rien ne seroit plus blamable, que de vous
seconder dans ce dessein, quand c'est sur

Sie in diesem Vorhaben zu unterstützen, da wir doch selbst die Wirkung Ihrer Großmuth verspüren.

Ich bin mit so vieler Achtung als Dankbarkeit

Ihr u. s. w.

Schreiben an ein Frauenzimmer, welches eine Person pflegt, die wir lieben.

Ich kann Ihnen nicht genug danken, Madame, für alle Freundschaftsdienste, welche Sie meinem armen Freunde leisten. Bisher liebte ich Sie blos, jetzt bete ich Sie an. Wenn man, so wie Sie, mit allen Gaben zu gefallen, ein gutes für Freundschaft schlagendes Herz vereinigt, verdient man dann nicht, angebetet zu werden? Die Sorgfalt, Madame, mit der Sie mir fast täglich von der noch schwankenden Gesundheit meines Freundes Nachricht geben, ist der einzige Trost, den ich erhalten konnte. O möchten Sie doch jederzeit und überall solche Gesinnungen, wie die Ihrigen, antreffen, und Herzen, welche würdig sind, Sie zu lieben.

Ich bin u. s. w.

Schreiben an einen Bischof.

Gnädiger Herr!

Nichts wäre in der That schöner, als Ihr Rath, den Sie meinem Neffen bei seiner Pfarrerstelle zur Befolgung ertheilt haben, wenn nicht Ihr Beispiel noch überredender wäre. Die gallikanische Kirche, welche sich vor allen andern durch die gründliche Gelehrsamkeit und die ausgezeichnete Frömmigkeit aller ihrer Prälaten unterscheidet, besitzt keinen Mann von so ausgedehnten Fähigkeiten und so anerkanntem Verdienste, wie Sie. Allein, gnädiger Herr, wie groß auch Ihre Eigenschaften seyn mögen, welche Ihnen so oft die Bewunderung eines Fürsten zugezogen haben, den die ganze Welt bewundert; so haben Sie doch keine an sich, welche die Größe Ihrer Bescheidenheit übertrifft; und da diese die zarteste aller Tugen-

---

nous qu'est tombé l'effet de votre générosite.

Je suis avec autant de respect que de gratitude

Votre etc.

Lettre à une Dame, qui veille à la santé d'une personne que nous chérissons.

Je ne saurois, Madame, assez Vous louer et Vous rendre grâces de tous les offices d'amitié que Vous rendez à mon pauvre ami. Je ne faisois que Vous aimer, maintenant je Vous adore. Dès que l'on joint à tous les talens de plaire que Vous avez, un bon coeur et des sentimens d'amitié, ne mérite-t-on pas d'être adoré? Votre attention, Madame, à me donner tous les jours des nouvelles de la santé encore si chancelante de mon ami, est la seule consolation que je pouvois recevoir: puissiez-Vous trouver partout et en tout temps, des sentimens semblables aux vôtres, et des coeurs dignes de Vous aimer.

Je suis etc.

Lettre à un Evêque.

Monseigneur!

Rien ne seroit si beau que les conseils que Votre grandeur a eu la bonté de m'envoyer, pour la conduite que mon neveu doit tenir dans sa cure, si ce n'étoit que Votre exemple persuade encore d'avantage. L'église gallicane, qui se fait distinguer de toutes les autres par la doctrine profonde et par l'éclatante piété de tous ses prélats, en a peu d'une capacité aussi étendue, et n'en a point d'un mérite plus approuvé. Mais, Monseigneur, quelques grandes que soient les qualités qui Vous ont tant de fois attiré l'admiration d'un prince qui s'attire celle de tout l'univers; Vous n'en avez point qui surpasse la grandeur de Votre modestie, et

den ift, fo ift es auch jene, welche zu beleiz
digen, ich am meiften befürchten muß. Wie
ftrenge ift fie nicht, jene Tugend, welche uns
hindert, Wahrheiten zu fagen, die fo ruhmz
voll für Sie find. Wenn aber diefelbe meiz
nem Eifer Stillfchweigen auferlegt, fo kann
fie jedoch meine Dankbarkeit nicht zum Schweiz
gen bringen; und die Wohlthaten, welche Sie
meinem Neffen erwiefen haben, find fo tief
in meiner Seele eingegraben, daß das Andenz
ken an diefelben nur mit dem letzten Hauche
meines Lebens erlöfchen wird.
Eurer Gnaden
unterthäniger 2c.

Um Dienfte anzubieten.

Schreiben an einen Freund.

Mein Herr!

Sie werden gar nicht müde, mir Dienfte zu
leiften: meine Briefe machen Ihnen nichts
als Kummer, und die Ihrigen erzeigen mir
ftets einige Wohlthaten. Dieß ift ein Ge=
fchäft, wobei ich beftändig gewinne, und wo=
bei Sie ftets verlieren. Doch wie werde ich
der Großmuth Ihrer Seele Einhalt thun
können? Sie wollen ftets guten Rath mit
Dienftleiftungen vereinigen. Alles, was ich
Ihnen fagen kann, ift, daß ich von keiner
Dankbarkeit durchdrungen bin, und daß nie
Jemand mit mehr Eifer, als ich, feyn kann
Ihr u. f. w.

Schreiben an Jemanden, dem man einen
Dienft geleiftet hat.

Mein Herr!

Ich habe Ihren Brief erhalten, welcher mir
beweift, daß ich meine Dienfte keinem Undank=
baren geleiftet habe. Nie habe ich fo was
angenehmes und verbindliches gelefen. Man
müßte durchaus keine Eigenliebe befitzen, um
nicht von folchem Lobe, wie das Ihrige ift,
gerührt zu werden. Ich verfichere Ihnen alfo,

comme c'est la plus délicate de toutes les
vertus, c'est celle que je dois le plus
craindre d'offenser. Qu'elle est austère,
Monseigneur, cette vertu, qui nous empêche de dire des vérités qui Vous sont
si glorieuses! Mais si elle impose silence
à mon zèle, elle ne peut l'imposer à ma
reconnaissance; et les bienfaits que Vous
avez repandus sur mon neveu, sont gra-
vés si fort dans mon âme que j'en con-
serverai la mémoire jusqu'au dernier soupir,
pour être à la vie et à la mort.
De Votre Grandeur
le très-humble etc.

POUR OFFRE DE SERVICES.

LETTRE à un ami.

Monsieur!

Vous ne Vous lassez jamais de m'obliger:
mes lettres ne Vous donnent que de la
peine, et les vôtres me font toujours quelque bien. C'est un commerce où je gagne
continuellement et où Vous perdez toujours. Mais quel moyen d'arrêter la gé-
nérosité de Votre âme? Vous voulez
toujours ajouter les bons offices aux bons
conseils; tout ce que je puis Vous dire,
est que j'en ai une reconnaissance parfaite
et que personne ne sera jamais absolument
plus que je suis, Monsieur,
Votre etc.

LETTRE à une personne qu'on a obligée.

Monsieur!

J'ai reçu Votre lettre qui me fait bien
voir que je n'oblige pas un ingrat; jamais
je n'ai rien vu de si agréable et de si
obligeant: il faudroit être bien exempt
d'amour-propre pour n'être pas sensible
à des louanges comme les vôtres. Je Vous
assure donc que je suis ravi que Vous

*6

daß ich froh bin, daß Sie eine so gute Meinung von meinem Herzen haben; und ohne ein Compliment durch ein anderes erwiedern zu wollen, darf ich Ihnen betheuren, daß die Hochachtung, welche ich für Sie hege, sich nicht mit jenen Worten ausdrücken läßt, deren man sich gewöhnlich bedient, um seine Gedanken zu offenbaren.

ayez bonne opinion de mon coeur; et je Vous assure de plus, sans vouloir Vous rendre douceur pour douceurs que j'ai une estime pour Vous infinîment au-dessus des paroles dont on se sert ordinairement pour expliquer ce que l'on pense.

Ein anderes Schreiben.

Mein Herr!

Der geringe Dienst, den ich Ihnen geleistet habe, verdiente nicht, auf eine solche Art aufgenommen zu werden, wie Sie mir äußern, und Sie hätten mir das Vergnügen laffen sollen, Ihnen einen gewünschten Freundschaftsdienst erwiesen zu haben, ohne ein Compliment hinzuzufügen, welches ich nicht erwartet hatte. Seyen Sie, mein Herr, von dem Vergnügen überzeugt, welches ich jederzeit darin finden werde, Ihnen durch meine Dienste zu beweisen, daß ich wahrhaft bin

Ihr u. s. w.

Une autre.

Monsieur!

Le foible service que j'ai tâché de Vous rendre ne méritoit pas la manière dont Vous me témoignez que Vous l'avez reçu, et Vous deviez me laisser la satisfaction d'avoir fait une action que Vous désirez, sans y mêler un compliment que je n'avois point attendu. Soyez assuré, Monsieur, du plaisir que je trouverai toujours à Vous témoigner, par mes services, la vérité avec laquelle je suis

Votre etc.

Von den Empfehlungsschreiben.

Die Empfehlungsschreiben müssen auf die Umstände, die sie veranlassen, Rücksicht nehmen; sie berühren hauptsächlich das Verdienst desjenigen, der sie überbringen soll; den Grad der Theilnahme, den man an dessen Person nimmt; die Art der Gefälligkeit, um die man für den Empfohlenen bittet; die Erkenntlichkeit, zu der man sich für die Freundschaftsbezeugungen verpflichtet hält, deren Gegenstand er werden dürfte. Solche Briefe müssen mit viel Schonung und Einsicht abgefaßt seyn; besonders hat man sich dafür zu hüten, daß das Zartgefühl und die Gerechtigkeitsliebe desjenigen, an den man schreibt, nicht beleidigt werden.

Des Lettres de Recommandation.

Les lettres de recommandation sont subordonnées aux circonstances. Elles roulent en général sur le mérite de celui qui en est porteur, sur le dégré d'intérêt que l'on prend à sa personne, sur la nature des services que l'on sollicite pour lui, sur la reconnoissance que l'on conservera soi-même des bontés dont il aura été l'objet. Cès lettres demandent beaucoup de ménagement et de mesure; il faut surtout prendre garde de compromettre la délicatesse ou la justice de celui à qui elles sont adressées.

Muster.

Schreiben an den Präsidenten eines Gerichtshofes.

Mein Herr!

Sie haben mir bisher hinlängliche Beweise Ihrer Gewogenheit gegeben, und eben diese machte mich dreist, Sie von neuem um Ihren Beistand zu ersuchen. Ein Freund, dessen Wohl mir am Herzen liegt, hat einen Prozeß bei Ihrem Gerichtshofe, und zwar wegen eines Dekrets, wo in, wie man mir versichert, das Recht für ihn sprechen soll. Da es nun wenige Menschen gibt, welche in dem Grade, wie Sie, Recht und Billigkeit lieben, so nehme ich mir hiermit die Freiheit, Ihrer Billigkeit Stoff zu liefern, indem ich innig überzeugt bin, daß der Freund, für den ich mich verwende, zu viel Ehre und Rechtschaffenheit besitzt, um sich Recht für einen ungerechten Prozeß erschleichen zu wollen. Das Zutrauen, welches er in seine gerechte Sache setzt, für deren Stütze Sie sich jederzeit erklären werden, ist der einzige Grund, welcher ihn bewog, die Empfehlung von mir zu wünschen, welche ich ihm gebe. Als die glücklichste Vorbedeutung der Gerechtigkeit, welche er von Ihnen verlangt, habe ich ihm versichert, daß Sie mir nie verweigert hätten, mich mit Wärme und Hochachtung zu nennen.

Ihren u. s. w.

Schreiben einer Dame an einen General, worin sie ihm einen jungen Offizier empfiehlt.

Ich bilde mir nicht ein, mein Herr, daß ich Einfluß genug bei Ihnen habe, um Sie in wichtigen Fällen zu beschweren; allein da ein Gefühl der Sympathie Sie leicht bewegen wird, allen beherzten Leuten Ihren Schutz zu verleihen, so habe ich es unternommen, denselben für den jungen Offizier zu erbitten, welcher Ihnen meinen Brief einhändigen wird. Er hat bereits die Ehre Ihrer werthen Be-

Modèles.

Lettre à un Président d'une cour judiciaire.

Monsieur!

Vous m'avez jusqu'ici donné d'assez grands témoignages de vos bontés, pour m'autoriser à Vous en demander de nouvelles marques. Un ami, de qui les intérêts me sont chers, a un procès en Votre cour, pour raison d'un Décret où l'on m'assure que la justice parle en sa faveur; et comme il y a peu d'hommes qui la rendent avec autant de plaisir que Vous, Monsieur, Vous voulez bien que je m'en fasse un d'offrir de la matière à Votre équité, étant tres-persuadé que l'ami pour qui je prends la liberté de Vous écrire, a trop d'honneur et trop de probité pour chercher à gagner un procès qui lui sembleroit injuste. La confiance qu'il a en son bon droit, dont je sais, Monsieur, que Vous vous déclarerez l'appui, est tout ce qui le porte à souhaiter la recommandation que je lui donne: et pour lui faire avoir un heureux présage de la justice qu'il attend de Vous, je l'ai assuré que Vous ne m'aviez jamais refusé celle de me croire, avec beaucoup de passion et de respect.

Votre etc.

Lettre d'une Dame à un Officier-Général, pour lui recommander un jeune Officier.

Je ne présume pas assez de mon crédit auprès de Vous, Monsieur, pour vouloir Vous demander des choses difficiles; mais comme, par raison de sympathie, Vous devez avoir bien de la facilité d'accorder Votre protection à tous les gens de coeur, je me suis engagé de Vous la demander pour le jeune officier qui Vous rendra ma lettre. Il a déjà l'honneur d'être

ranntschaft, und schon daraus schließe ich, daß er der Beweise Ihrer Güte nicht ganz unwerth ist. Er wird sicher durch sein Benehmen der Ehre entsprechen, Ihrer Wohlgewogenheit theilhaft zu werden, und wenn Sie meine Bitte um dieselbe nicht verschmähen, so versichere ich Sie, daß ich Ihnen dafür ewig dankbar seyn werde.

Schreiben an eine Magistratsperson.

Einer unserer guten Kaufleute von Nimes hat eine Sache vor Ihrem Gerichte, welche er für gerecht und zugleich für wichtig hält. Da er weiß, daß wir vertraute Freunde sind, so glaubt er, daß meine Empfehlung bei Ihnen ihm sehr nützlich seyn werde. Ich bitte Sie, mein Herr, ihm die Gerechtigkeit zu erweisen, welche er von Ihnen erfleht, und ihm alle Gefälligkeiten zu erzeigen, welche sich mit dem Recht vereinigen; ich werde Ihnen dafür vielen Dank schuldig seyn.

Ich bin, mein Herr, u. s. w.

Schreiben an einen Freund.

Herr N. schreibt mir, und bittet mich, ich möchte ihn bei Ihnen empfehlen. Er behauptet, ich hätte vielen Einfluß bei Ihnen; ich weiß nicht, ob er sich nicht irret. Dem sey, wie ihm wolle, ich thue, was er von mir verlangt, und bitte Sie, ihm zu seinem Gesuche behilflich zu seyn. Er hat zu mehreren Dingen Anlage und Genie. Ich habe ihn zu Lüttich auf die Probe gestellt, wo er lange bei mir war, so, daß ich ihn zu beurtheilen im Stande bin. Ich werde Ihnen sehr verbunden seyn, wenn Sie es gütigst sich wollen angelegen seyn lassen, ihm eine Anstellung zu verschaffen, wobei er bequem leben kann. Ich bin überzeugt, daß er dasjenige, was Sie ihm auftragen, aufs pünktlichste besorgen wird.

Ich bin u. s. w.

connu de Vous; et cela étant, je Vous crois tout persuadé qu'il n'est pas indigne des marques de Votre bonté. Il répondra assurément par ses actions à l'honneur que Vous lui ferez de lui donner part en vos bonnes graces; et si Vous voulez compter, Monsieur, la prière que je Vous en fais pour quelque chose, je Vous assure que je Vous en aurai toute la reconnoissance possible.

Lettre à un Magistrat.

Un de nos bons Marchands de Nimes, Monsieur, a une affaire devant Vous qu'il croit juste, et qui lui est de conséquence. Comme il sait l'amitié que Vous avez pour moi, il croit que ma recommandation auprès de Vous ne lui sera pas inutile. Je Vous prie, Monsieur, de lui rendre la justice qu'il Vous demande et de lui faire les graces qui accompagnent le bon droit; je Vous serai très-obligé.

Je suis, Monsieur, etc.

Lettre à un ami.

Le Sieur N. m'écrit pour me prier de Vous le recommander, Monsieur. Il prétend que j'ai beaucoup de crédit sur Vous: je ne sais s'il ne se trompe pas. Quoiqu'il en soit, je fais ce qu'il souhaite de moi, et je Vous prie de vouloir bien lui être favorable en ce qui peut lui être utile. Il a du génie et du talent pour plusieurs choses; je l'ai expérimenté à Liège, où il a été avec moi assez long-temps pour pouvoir en juger. Je Vous serai obligé, Monsieur, de l'attention que Vous voudrez bien avoir à lui procurer quelque emploi qui le mette plus à son aise qu'il n'y est. Je suis persuadé qu'il s'acquittera bien des choses dont Vous le chargerez.

Je suis etc.

Schreiben über denselben Gegenstand.

Dieser Brief wird Ihnen, mein Bester, vom Hn. N. eingehändigt werden. Er ist ein Mann von Verdienst und ein guter Philosoph, welcher Ihnen auf seiner Durchreise nach Italien, wo er Beobachtungen über die Naturgeschichte anstellen will, seine Aufwartung machen wird.

Ich bitte Sie, ihn als einen einsichtsvollen Gelehrten zu empfangen, welcher so würdig als begierig ist, Sie zu sehen.

Leben Sie wohl, mein Bester, ich umarme Sie herzlich, und wünschte mit Hn. N. das Vergnügen zu theilen, welches er haben wird, Sie zu sehen.

Schreiben einer Dame, um einen Hausvater zu empfehlen.

Sie hatten die Güte, mein Herr, den Hn. N., welcher sich heute bei Ihnen meldet, Ihres Schutzes zu versichern. Er hat eine große Familie von jungen, hübschen und artigen Kindern. Er muß diesen Erziehung und Aussteuer geben, und er besitzt nichts. Ein kleines Amt würde alles gut machen. Ich bitte Sie für ihn darum, und vereinige meine Bitte mit jener des Herrn B.... Genehmigen Sie zum voraus, Mein Herr, die Gefühle der Dankbarkeit, von welchen ich, wie Sie wissen, gegen Sie durchdrungen bin, und die ich Ihnen für mein ganzes Leben gewidmet habe.

Schreiben an einen Freund, um ihm einen jungen Mann zu empfehlen.

Mein Herr!

Die Freundschaft, womit Sie mich beehren, veranlaßt mich, dieselbe nicht nur für mich, sondern auch für andere zu benutzen. Einer meiner Freunde, ein junger Mann, voll Talente und Anlagen, wird sich in Ihrer Stadt niederlassen, allein er ist daselbst ganz unbekannt. Sie, mein Herr, welcher seit langer

LETTRE sur le même sujet.

Cette lettre, mon cher ami, Vous sera remise par Mr. N., homme de mérite et bon philosophe, qui désire de Vous rendre hommage en allant en Italie, où il se propose de faire des observations d'histoire naturelle.

Je Vous prie de le recevoir et de l'accueillir comme un savant plein de lumières et qui est aussi digne qu'empressé de Vous voir.

Adieu, mon cher ami, je Vous embrasse de tout mon coeur, et je voudrois bien partager avec Mr. N. le plaisir qu'il aura de se trouver avec Vous.

LETTRE d'une Dame pour recommander un père de famille.

Vous avez eu la bonté, Monsieur, de faire espérer l'honneur de votre protection au Sieur N., qui se présente à Vous aujourd'hui. Il a une grosse famille de jeunes, jolies et sages filles; tout cela demande un peu de bien, et il n'en a point: un petit emploi pourvoiroit à tout; je Vous le demande pour lui; et je joins mes prières à celles de Mr. B.... Agréez d'avance, Monsieur, les sentimens de reconnoissance que Vous me connoissez pour Vous, Monsieur, et que je Vous ai voués pour toute ma vie.

LETTRE à un ami pour lui recommander un jeune homme.

Monsieur!

L'amitié dont vous m'honorez, m'engage à en profiter, non-seulement pour moi, mais encore pour les autres. Un de mes amis, jeune homme plein de talens et de dispositions, va s'établir dans votre Ville; mais il n'y connoit personne. Vous, Monsieur, qui l'habitez depuis long-temps, et

Zeit darin wohnen, und daselbst allgemein geschätzt sind, können ihm nutzen. Ich wage es, zu glauben, daß Sie ihm aus Rücksicht zu mir diesen Gefallen nicht verweigern werden. Wenn Sie ihn einmal kennen werden, so werden Sie sich freuen, ihm einen Dienst geleistet zu haben, und er wird Ihnen durch sein zuvorkommendes Betragen diesen Dienst vergelten. Ich werde Ihnen so viel Dank dafür wissen, als wenn es mich selbst angienge. Ich bin u. s. w.

qui y jouissez d'une estime générale, vous pouvez lui être utile. J'ai osé croire qu'en ma faveur vous ne lui refuseriez pas cette grace. Quand vous le connoîtrez, vous serez charmé de l'avoir obligé, et son honnêteté vous payera bien de ce service. Pour moi, je vous en saurai autant de gré que si j'en retirerois moi-même le fruit.

Je suis etc.

Von den Geschäfts= und Handelsbriefen.

Des Lettres d'Affaires et de Commerce.

Geschäfts= und Handelsbriefe gehören eben nicht zu der mühsamern Gattung des Briefstyls. Wir brauchen denjenigen, dem wir schreiben, nur mit dem Zwecke unseres Schreibens bekanntzumachen. Ein großer Aufwand von Geistesflittern wäre hier übel angebracht, gesunder Menschenverstand und Bestimmtheit dürfen indessen nicht fehlen. Wollte man einem Kaufmanne melden, daß wir dieser oder jener Artikel bedürftig wären, und daß wir ihm auf diesem oder jenem Wege, zu dieser oder jener Zeit den Geldbetrag einsenden würden, so würde er uns wenig Dank wissen, wenn wir ihn lange mit zierlichen Redensarten hinhalten wollten; so etwas würde uns in ein lächerliches Licht stellen, und eine ungünstige Meinung von uns erregen. Man muß ohne Einleitung gleich zur Sache schreiten, und einen Punkt nach dem andern berühren, ohne erkünstelte Uebergänge zu suchen.

Les lettres d'affaires et de commerce sont peu difficiles à faire. Il suffit de dire qu'il est nécessaire d'apprendre à celui à qui nous écrivons. L'esprit est inutile ici; il ne faut que du bon sens et de la clarté. Quand on fait savoir à un marchand qu'on a besoin de telles choses et qu'on lui fera passer des fonds par telle voie et à telle époque, on auroit assez mauvaise grâce, de s'amuser à faire des phrases; ce seroit alors un ridicule qui donneroit mauvaise opinion de nous. On doit entrer en matière sans préambule, et passer d'un article à l'autre sans chercher des transitions.

Muster.

Man sucht in Briefwechsel zu treten.

Modèles.

Pour entrer en correspondance.

In der Absicht, die Anzahl unserer Correspondenten in Ihrem und den benachbarten Departementen zu vermehren, habe ich mehrere

Dans le dessein d'augmenter le nombre de nos correspondants dans votre Département et ceux qui l'avoisinent, j'ai prié

meiner Freunde erfucht, mir die Häufer anzuzeigen, womit ich Geschäfte machen könnte. Man hat mir das Ihrige als eins der vornehmsten und Ihren Ruf als untadelhaft geschildert. Ich bitte Sie daher, mit mir in Verbindung zu treten. Meine Handlung befiekt im Kauf und Verkauf von . . . . .

Ich schmeichle mir, daß, wenn Sie meine Art zu handeln und das Interesse meiner Freunde zu beforgen, einmal kennen werden, Sie gerne einen Briefwechsel fortfetzen werden, welcher uns wechfelfeitig nützlich und vortheilhaft feyn kann. Ich hoffe alfo, daß Sie mich mit Ihren geneigten Aufträgen beehren werden. Sie können überzeugt feyn, mit fo vieler Redlichkeit als Schleunigkeit bedient zu werden. Sollten Sie Mißtrauen in unfer Haus fetzen, fo wird daffelbe bald verfchwinden, wenn Sie fich nach demfelben erkundigen, und ich fürchte keinesweges, zu behaupten, daß keiner, wer es auch fey, anders als mit Achtung davon fprechen dürfe.

Ich bin, mein Herr, u. f. w.

Schreiben, um einige Artikel zu begehren, womit man eilet.

Mein Herr!

Es ift mir gegenwärtig eine beträchtliche Beftellung von . . . . . gemacht worden; ich müßte fo viel . . . . . davon haben, und alles müßte am 25. d. M. abgeliefert werden. Sehen Sie zu, ob es Ihnen möglich ift, mir diefen Artikel ganz und vor dem 20. unfehlbar in meine Wohnung zu liefern. Wenn Sie dieß nicht können, fo bitte ich Sie, mir nichts zu verfprechen, was Sie nicht halten können. Denn nach obigem Tage würde ich mich gezwungen fehen, nichts anzunehmen, was Sie mir fchicken würden. Denn da ich mein Verfprechen aus dem Grunde nicht halten könnte, weil Sie das Ihrige nicht hielten, fo könnte ich Ihre Sendung nicht gebrauchen; fie würde mir zum Verluft liegen bleiben.

plusieurs de mes amis de me faire connoître les maisons avec lesquelles je pourrois faire des affaires. On m'a cité la vôtre comme une des principales, et votre probité comme parfaitement intègre; je vous prie donc d'agréer mes services. Mon commerce consiste dans l'achat et la vente de . . . . . .

Je me flatte que, lorsque vous connoitrez ma façon de commercer et de ménager les intérêts de mes amis, vous vous prêterez volontiers à continuer une correspondance qui puisse également nous être utile et avantageuse. J'espère donc que vous voudrez bien m'honorer de vos commissions Vous pouvez être persuadé que vous serez servi avec autant de fidélité que de promptitude. Quant aux craintes que vous pourriez concevoir, il vous sera facile de les dissiper, en prenant des informations sur ma maison et je ne crains pas d'avancer que, qui que ce soit n'a le droit d'en parler avec justice à mon désavantage.

Je suis, Monsieur, etc.

Lettre pour demander certains articles pressés.

Monsieur!

Une demande considérable de . . . . . . m'est faite en ce moment; il en faudroit tant . . . . . ., et tout devroit être livré le 25. du courant. Voyez s'il vous est possible de me fournir cet article en entier, et rendu chez moi pour le 20. sans faute. Si vous ne pouvez l'effectuer, ne me faites point, je vous en prie, de promesse que vous ne rempliriez pas; car je me verrois forcé, passé ce jour, de ne rien recevoir de ce que vous me feriez parvenir; ou ma promesse, à moi étant manquée par suite de la vôtre, je ne saurois plus que faire de votre envoi, qui me resteroit en pure perte. Faites moi l'amitié de me répondre sur le champ et avec franchise

Erzeigen Sie mir die Freundschaft, mir auf der Stelle und offenherzig zu antworten, damit wir beide nicht in Verlegenheit gerathen. Ich bin u. s. w.

afin que nous ne nous mettions dans l'embarras ni l'un ni l'autre.

Je suis etc.

Man bittet einen Kaufmann, eine offen stehende Rechnung abzuschliessen.

Pour prier un Marchand de régler un compte ouvert.

Mein Herr!

Da verschiedene Gelder, auf welche ich zählte, nicht eingegangen sind, und ich selbst mehrere Zahlungen entrichten muß, die ich nicht aufschieben kann, so sehe ich mich wider meinen Willen genöthigt, Sie zu bitten, die zwischen uns offenstehende Rechnung abzuschliessen. Sollte es sich Ihnen nicht schicken, mir das Ganze abzutragen, so würden Sie mir einen großen Gefallen erzeigen, mir blos die Hälfte zu bezahlen.

Monsieur!

Diverses rentrées sur les quelles je comptois, ne s'étant pas effectuées, et me trouvant pressé par plusieurs paiemens que je ne puis remettre, je me vois, bien contre mon gré, obligé de vous prier de régler le compte ouvert entre nous. S'il ne vous convenoit pas de me remettre la totalité, vous m'obligeriez beaucoup de m'en faire au moins passer la moitié. Je suis etc.

Avis-Schreiben.

LETTRES D'AVIS.

Mein Herr!

Ich habe die Ehre, Sie zu benachrichtigen, daß ich Ihrem Verlangen gemäß mit dem Postwagen, welcher morgen am 13. von hier abfährt, die Waaren an Sie abgesandt habe, welche Sie mir bestellt haben; Sie werden das Verzeichniß derselben nebst der Faktura beiliegend finden. Ich hoffe, daß Sie mit der Geschwindigkeit zufrieden seyn werden, mit welcher ich dieselben an Sie abgeschickt habe. Dieß ist der sehnlichste Wunsch Ihres u. s. w.

Monsieur!

J'ai l'honneur de vous avertir que, suivant votre demande, j'ai mis à la messagerie, pour partir demain 13, les marchandises que vous m'avez marquées, et dont vous trouverez les détails avec le prix de la facture ci-jointe. J'espère que vous serez satisfait de la qualité des marchandises et de la célérité que j'ai mise à vous les faire parvenir, c'est le plus vif désir de
Votre etc.

Antworten auf Geschäfts- und Handelsbriefe.

Réponses à des Lettres d'Affaires et de Commerce.

Mein Herr!

Ich antworte Ihnen mit so viel mehr Vergnügen, weil ich nichts als vortheilhafte Nachrichten von dem Handlungshause N. geben

Monsieur!

Je vous réponds avec d'autant plus de plaisir, que je n'ai que des choses avantageuses à vous apprendre au sujet de la

kann. Dieß Haus treibt bedeutende Geschäfte. Diese Herren handeln mit so viel Freimüthigkeit als Rechtschaffenheit. Man hört von Niemanden Klagen über dieselben, und bis auf heutigen Tag haben Sie alle ihre Handelsverpflichtungen getreu erfüllt. Ich glaube, daß Sie die Vorschläge derselben ungescheut annehmen können, und freue mich im voraus herzlich über den Vortheil, der Ihnen aus dieser Verbindung erwachsen wird.

Ich bin, mein Herr,

Ihr u. ſ. w.

Man schließt eine offenstehende Rechnung mit einem Kaufmanne ab.

Mein Herr!

Ich schätze mich glücklich, gegenwärtig Ihren Wünschen entsprechen zu können. Ich übermache Ihnen hiermit für die ganze schuldige Summe einen Wechsel auf Sicht, der Ihnen beim Hn. R..... ausgezahlt werden wird.

Ich habe die Ehre u. ſ. w.

Man zeigt die erhaltenen Waaren an.

Mein Herr!

Ich habe den Brief erhalten, den Sie mir die Ehre erzeigten, unterm 24. d. M. zu schreiben, und einige Tage nachher den Ballen, so Sie an mich abgeschickt haben. Ich bin wirklich mit Ihrer Sendung zufrieden, und wenn ich die Wahrheit sagen soll, so wünschte ich, daß es immer so wäre. Obgleich ich diese Partie noch nicht verkauft habe, so eile ich doch, Ihnen noch einmal eine ähnliche Quantität zu bestellen, als Sie mir geschickt haben, weil ich befürchte, daß das, was nachher kömmt, nicht von so guter Qualität seyn möchte. Ich übersende Ihnen zugleich mit gegenwärtigem Schreiben einen Wechsel auf Sicht auf Hrn. L., um dasjenige, was Ihnen noch zu gute kömmt, damit gänzlich zu saldiren.

Ich bin u. ſ. w.

maison des ..... sur la quelle vous désirez des renseignemens. Le commerce qui s'y fait est considérable et fort lucratif. Ces messieurs agissent avec autant de franchise que de probité. Personne ne se plaint d'eux; et pas un de leurs engagemens n'est resté sans être rempli jusqu'à ce jour. Je crois que vous pouvez entreprendre ce qu'ils vous proposent sans aucune crainte, et je me rejouis d'avance de l'avantage qui pourra vous en revenir.

Je suis, Monsieur,

Votre etc.

Pour régler un compte ouvert avec un Marchand.

Monsieur!

Je me trouve heureux de pouvoir me conformer à vos désirs en ce moment. Je vous envoi un effet à vue, pour la totalité du paiement que l'en vous comptera chez Mr. R.....

J'ai l'honneur, etc.

Pour réception de marchandises.

Monsieur!

J'ai reçu la lettre que vous m'avez fait l'honneur de m'écrire, en date du 24, et, peu de jours après, le ballot que vous m'avez expedié. J'ai lieu, en effet, d'être content de ce que vous m'envoyez; et, à vous dire le vrai, je souhaiterois qu'il en fût toujours du même. Je m'empresse, tandis que cette partie n'est pas encore épuisée, de vous en demander autant que vous venez de m'en expédier, dans la crainte que ce qui viendra ensuite ne soit pas d'une aussi bonne qualité. Je vous fais passer, en même temps que cette présente, un effet à vue sur Mr. L. pour solde entière de ce que je vous dois.

Je suis etc.

* 7

Muſter von Wechſelbriefen, Anweiſungen, Quittungen und Scheinen.	**Modèles de Lettres de Change, Promesses et Quittances.**

Hamburg, den 6. Oktober 1811.	Hambourg, le 6 Octobre 1811.

Gut für 4000 Francs.	Bon pour 4000 Francs.

Nach Sicht zahlen Sie gegen dieſen Prima=Wechſel an Herrn Dumesnil die Summe von vier Tauſend Francs. Den Werth erhielten Sie in Baarem (oder in Waaren). Stellen Sie ſolchen auf Rechnung zufolge Bericht von

       Friedrich Nicolai.

An Herrn Lenz, Kaufmann
    in Paris.

A vue, il vous plaira payer, par cette première de change à Monsieur Dumesnil la somme de quatre mille Francs, pour valeur reçue comptant (ou en marchandises), que vous passerez en compte, comme par avis de votre
       FRÉDÉRIC NICOLAI.

A Monsieur Lenz, négociant,
    à Paris.

Paris, den 7. Oktober 1808.	Paris, le 7. Octobre 1812.

Gut für 3000 Francs.	Bon pour 3000 Francs.

Vierzehn Tage nach Sicht belieben Sie gegen dieſen Secunda=Wechſel (da Prima verloren gegangen und nicht bezahlt iſt) zu bezahlen an Herrn Woronzow die Summe von drei Tauſend Francs. Den Werth erhielten Sie von uns in Waaren, ſtellen Sie uns ſolchen auf Rechnung, wie wir berichteten.

De Neufville, Osmond und Schuer.

An Herrn Gilles, Kaufmann
    in Nantes.

A quinze jours de vue, il vous plaira payer par cette seconde lettre de change (la première ne l'étant pas), à Monsieur Woronzow ou à son ordre, la somme de trois mille Francs, pour valeur reçue de nous en marchandises, que vous passerez en compte, comme par avis de vos, etc.

  DE NEUFVILLE, OSMOND et SCHUER.

A Monsieur Gilles, marchand,
    à Nantes.

London, den 15. Oktober 1799.	Londres, le 15 Octobre 1799.

Gut für 5000 Liv. Tourn.	Bon pour 5000 Liv. Tourn.

Den fünfzehnten künftigen Monats Januar zahlen Sie an Herrn Jakob Moore oder Ordre

Au quinze de Janvier prochain, il vous plaira payer à Mr. Jacques Moore, ou à

(53)

die Summe von fünftausend Livres Tournois. Den Werth sandten wir Ihnen auf Paris, belasten Sie damit unsere Rechnung, gemäß Bericht von Ihren ergebensten

Goldsmith und Sheridan.

An Herrn Barthelemi, Kaufmann
in Orleans.

London, den 11. Februar 1809.

Gut für 200 Pf. Sterl.

Einen Monat nach Dato (oder nach Sicht) zahlen Sie gegen diesen meinen Prima-Wechsel an Herrn Friend oder dessen Ordre die Summe von zweihundert Pfund Sterling. Stellen Sie solche auf Rechnung Ihres ergebensten Dieners

John Buttler.

An Herrn James Macdonald, Kaufmann
in Birmingham.

Brüssel, den 23. Oktober 1811.

Gut für 300 Francs.

Nach Uso (oder nach zwei Uso) belieben Sie gegen diesen Wechsel zu zahlen an Herrn Rumford den Betrag von dreitausend Francs nach dem Tarif, Werth auf Herrn Williams erhalten. Stellen Sie solche auf Rechnung zufolge Bericht von Ihrem ergebensten

Karl Lefranc.

An Herrn Le Maire, Bankier
in Paris.

son ordre, la somme de cinq mille livres tournois, valeur reçue sur Paris, que vous passerez en compte, comme par avis de vos, etc.

GOLDSMITH et SHERIDAN.

A Monsieur Barthélemi, négociant,
à Orléans.

Londres, le 11 Février 1809.

Bon pour 200 liv. Sterl.

Dans un mois (ou à vue), il vous plaira de payer contre cette première de change à Monsieur Friend, ou à son ordre, la somme de deux cent liv. sterling, que vous placerez au compte de votre serviteur

JOHN BUTTLER.

A Monsieur Macdonald, marchand,
à Birmingham.

Bruxelles, le 23 Octobre 1812.

Bon pour 300 Francs.

A usance (ou à deux usances), il vous plaira payer, pour cette lettre de change, à Monsieur Rumford trois mille Francs d'après le Tarif, valeur reçue sur Mr. Williams, et passer ladite somme à compte, suivant l'avis de votre, etc.

CHARLES LEFRANC.

A Monsieur Le Maire, Banquier,
à Paris.

Billet auf Ordre.

Gut für 200 Francs.

In zwei Monaten zahle ich an Herrn Gottlieb Bernard in Amiens, oder an dessen Verordnung, die Summe von zweihundert Francs. Den Werth von Ihm in Waaren erhalten.

Lyon, den 10. Oktober 1810.

Ludwig Ducorps.

Billet à ordre.

Bon pour 200 Francs.

Dans deux mois, je promets payer à Monsieur Bernard à Amiens, ou à son ordre, la somme de deux cents Francs, valeur reçue en marchandises dudit Sieur.

Fait à Lyon, ce 11 Octobre 1810.

Louis Ducorps.

Zahlungsversprechen.

Frankfurt, den 12. Februar 1812.

Gut für 2000 Francs.

Nach Verlangen (oder in zwei Monaten) verspreche ich zu zahlen an Herrn Morgan, oder dessen Ordre, die Summe von zweitausend Francs für erhaltene Waaren.

Alexius Burchard.

Promesse.

Francfort, le 12 Février 1812.

Bon pour 2000 Fr.

Sur demande (ou dans deux mois) je promets payer à Mr. Morgan, ou à son ordre, la somme de deux mille Francs, pour valeur reçue en marchandises.

Alexis Burchard.

Marseille, den 2. Mai 1812.

Gut für 600 Francs.

Wir Endesunterschriebene versprechen in Solidum, den 20. künftigen Julius an Herrn Suard zu bezahlen die Summe von sechshundert Francs, welche er uns aus Gefälligkeit geliehen hat.

Lefevre, Ayné und Compagnie.

Marseille, le 2 Mai 1812.

Bon pour 600 Francs.

Nous soussignés, promettons payer solidairement, le 20 Juillet prochain, à Mr. Suard la somme de six cents Francs qu'il nous a prêtée pour nous faire plaisir.

Lefevre, Ayné et Comp.

Quittungen.

Ich Unterzeichneter bekenne, von Herrn Bruno die Summe von sechshundert Francs, welche ich Ihm, gemäß seinem Handschein vom 15. März jüngsthin, geliehen habe, zurück-

---

Quittance.

Je soussigné, reconnois avoir reçu de Mr. Bruno la somme de soixante Francs, que je lui avais prêtée, suivant sa promesse du quinze de mars dernier; que,

empfangen zu haben: ich habe Ihm zu dem Ende denselben, als gelöscht, wieder zugestellt.

Saint-Omer, den 15. Junius 1811.

Claudius Dumont.

pour ce, j'ai présentement remise entre les mains dudit Sieur Bruno, comme acquittée.

Fait à Saint-Omer, ce 15 Juin 1811.

CLAUDE DUMONT.

Eine andere.

Ich bekenne, von Herrn Amoretti empfangen zu haben die Summe von fünfzehn Francs als den Ertrag der am 25. laufenden Monats erfallenen Zinsen eines mir schuldigen Capitals von dreihundert Francs.

Paris, den 30. März 1812.

Mathias Lechevalier.

UNE AUTRE.

Je reconnais avoir reçu de Mr. Amoretti la somme de quinze Francs, pour une année des intérêts de la somme de trois cents Francs qu'il me doit, échue le vingt-cinq de mars dernier.

Fait à Paris, ce 30 Mars 1812.

MATTHIAS LECHEVALIER.

Modell eines endossirten Wechselbriefes.

Straßburg, den 4. März 1812.

Per Francs 500 — in alten Louisd'or.

Den ersten April prossimo zahle ich gegen diesen meinen Sola-Wechselbrief, an die Ordre Herrn Joseph Cramer, fünf hundert Francs in alten Louisd'or, den Werth baar empfangen.

Auf mich selbsten in   Daniel Wild.
Leipzig.

A Tergo (auf die Rückseite).

Für mich an die Ordre Herren Caspar Wagner und Heinrich Klein, den Werth empfangen. Köln, den 2c.

Joseph Cramer.

Für mich an die Ordre Herren Karl Lenning und Compagnie, den Werth in Rechnung. Köln, den, 2c.

Caspar Wagner und Heinrich Klein.

FORMULE D'UNE LETTRE DE CHANGE ENDOSSÉE.

Strasbourg ce 4 Mars 1812.

Pour Francs — 500 en Louis vieux.

Au premier d'Avril prochain je paierai par cette seule lettre de change, à l'ordre de Monsieur Joseph Cramer, cinq cents Francs en Louis vieux, valeur reçue dudit Sieur.

Sur moi-même à   Daniel Wild.
Leipsic

Au dos.

Payez à l'ordre de Messieurs Gaspard Wagner et Henri Klein, valeur reçue. Cologne, le etc.

Joseph Cramer.

Payez à l'ordre de Messieurs Charles Lenning et Compagnie, valeur en compte. Cologne, le etc.

Gaspard Wagner et Henri Klein.

Von den Bittschriften.

Diese schreibt man an hohe Magistratspersonen und angestellte Gewalten. Man trägt sein Gesuch in denselben ehrerbietig vor. Man suche sich nur so viel als möglich kurz zu fassen, denn diejenigen, welche die Bittschriften anhören, können auf jede insbesondere keine große Zeit verwenden. Zu einer Bittschrift nehme man Papier in Folio; dieses Blatt wird seiner ganzen Länge nach durchgefalten, damit der leere Rand so groß bleibe, als der beschriebene Theil. Dieser Rand ist den Ministern oder ihren Kanzellisten nöthig, um ihre Bemerkungen darauf zu schreiben. In solchen Schriften muß man sich einer ehrerbietigen und bestimmten Schreibart bedienen; die Ausdrücke dürfen gesucht seyn, ohne es jedoch zu scheinen; man gebrauche blos solche Wendungen, welche den Verstand überzeugen und zugleich unsere Seele überreden.

Des Lettres de Pétition.

On les adresse aux premiers magistrats et aux autorités constituées. On y expose avec respect l'objet de sa demande. Une grande attention qu'il faut avoir, c'est de la renfermer en peu de mots; car ceux qui doivent l'entendre n'ont pas beaucoup de temps à donner à chaque personne en particulier. On prend pour écrire une pétition, du papier in-folio. On plie cette feuille en deux dans sa longueur, afin de former une marge aussi grande que la place occupée par l'écriture; cette marge devient utile aux ministres ou à leurs commis, pour y écrire leurs observations. Il faut employer dans ces sortes d'écrits un style respectueux et précis, des expressions choisies sans le paroître, des pensées qui portent la conviction dans l'esprit, et de ces tours qui insinuent la persuasion dans l'ame.

Muster.

Man bittet um Gnade für eine Person, welche zum Tode verurtheilt ist.

An den Kaiser.

Sire,

Die Milde ist die Tugend, welche bei Ihrer Majestät allen andern einen neuen Glanz verleiht; sie ist es, welche Sie am meisten der Gottheit ähn-

Modèles.

Pour demander la grâce d'une personne condamnée à mort.

A l'Empereur.

Sire,

La Clémence est la vertu qui, dans Votre Majesté; donne un nouveau lustre à toutes les autres, c'est celle qui vous rapproche le plus de la divinité,

lich macht, und so ein Dienst
haben Sie das Recht, sie über
die Menschen auszuüben. Zu
dieser großen Tugend, Sire,
nehme ich heute für meinen
unglücklichen Sohn meine Zuflucht, welcher derselben vielleicht nicht ganz unwerth ist.
Er ließ sich vom Zorn hin-
reißen, und gereizt von einem zu heftigen Manne,
überließ er sich Thätlichkeiten,
und der Tod seines Gegners
war die Folge dieses unglücklichen Kampfes. Dieß ist sein
Verbrechen! ich mag nicht, ihn
zu entschuldigen; allein soll
denn eine vorübergehende Auf-
wallung oder Unwirrung wie
ein Verbrechen bestraft werden, welches in dem Herzen
eines abgehärteten Bösewichts
ersonnen worden? Der Un-

er, en quelque Sorte, comme elle,
Vous avez le droit de l'exercer
sur les hommes. C'est à cette
grande vertu, Sire, que j'ai
recours aujourd'hui pour mon
malheureux fils, qui, peut-être,
n'est pas tout-à-fait indigne.
Dans un mouvement d'emporte-
ment, et provoqué par un homme trop peu modéré aussi, il a
été se porter à des voies de
fait, et la mort de son anta-
goniste a été la suite de ce
combat funeste. Voilà son crime,
je n'ose l'excuser; mais égarement passager sera-t-il donc
puni comme le crime qui a
été médité dans le cœur d'un
Scélérat endurci? L'infortuné
pour lequel je Vous implore, a
donné, avant ce fatal événe-
ment, plusieurs preuves de
vertu; et sa jeunesse, instruite
de nouveau par une terrible ex-

glücklich, für den ich bitte, hat vor diesem unglücklichen Ereignisse mehrere Enronise(?) von Tugend gelenkt, und sein Jugend, durch eine schmerzliche Erfahrung von unumbenhrt(?), lässt noch mehrere von ihm hoffen. Werden Sie zulassen, Sire, dass derjenige, der durch seine Reue selbst der Gesellschaft nützlich werden kann, derselben so grausam entrissen werde? Soll denn eine augenblickliche Verwirrung einer ganzen Familie in Trauer und Schmerzen versetzen? Ein Wort von Ihnen kann uns mit Freude erfüllen, oder uns ganz niederschlagen, und Ihre Milde kann auf keinen Fall gefährlich seyn. Wir werfen uns also zu Füßen Eurer Majestät, und harren

périence, en fais espérer plusieurs encore. Permettez-Vous, Sire, que celui qui, par son repentir même, peut encore être utile à la Société, en soit aussi cruellement arraché? L'égarement d'un seul instant plongera-t-il une famille entière dans le deuil et la désolation? Un mot de Vous peut nous combler de joie, ou nous abattre entièrement; et Votre clémence dans aucun cas, ne peut être dangereuse. Nous nous jetons donc aux pieds de Votre Majesté, et nous y attendons, dans les angoisses de l'incertitude, que Vous ayez prononcé notre sort.

in dem Todesschmerzen der Un-
gewißheit auf den Ausspruch
über unser Schicksal.

Man bittet Seine Excellenz den Kriegsmi-
nister um eine Anstellung bei der Armee.

Gnädiger Herr,

Durch die letzten bei der Armee vorgefallenen Verände-
rungen verlor ich meine Anstellung, und bis auf den heutigen Tag blieb ich in derselben
Lage; allein jetzt, da der Krieg
ausbricht, und das Vaterland
neue Arme zur Vertheidi-
gung nöthig hat, melde ich
mich, in der Hoffnung, von
neuem angestellt zu werden.
Alle Dienste müssen eine
kräftige Empfehlung bei Eurer Excellenz seyn, welche die
Gerechtigkeit liebt und wie-
derfahren läßt. Ich begnüge

Pour obtenir de l'emploi dans les armées, à
Son Excellence le Ministre de la guerre.

Monseigneur,

Par l'effet des derniers
changemens opérés dans l'ar-
mée, je me trouvai à la suite
et sans emploi; je suis resté
dans cette situation jusqu'à ce
jour; mais maintenant que la
guerre se rallume, et que la
patrie a besoin de nouveaux bras
pour la défendre, je me présente
avec l'espoir que mes services seront acceptés, et que je serai em-
ployé de nouveau. D'anciens
services doivent être de puis-
santes recommandations auprès
de Votre Excellence, qui aime la
justice et sait la rendre: je me
contenterai donc de mettre sous

*8

mich dafür, Ihnen die Zeugnisse vorzulegen, worin meine Vorgesetzten und Waffengefährten mir Zeugnisse beilegen, welche mein einziges Gut und meine einzige Stütze sind. Ich wage die Hoffnung, daß sie hinreichend seyn werden, und daß Euro Excellenz mich in den Stand setzen werden, mein zu verdienen.

les yeux les certificats dans lesquels mes chefs et mes camarades me rendent des témoignages qui sont ma seule fortune et mes seuls appuis. J'ose espérer qu'ils me suffiront, et que Votre Excellence daignera me mettre à même d'en mériter de nouveaux.

Anmerkung. Wenn man Zeugnisse oder andere rechtfertigende Aktenstücke seiner Bittschrift beilegen muß, woran viel gelegen ist, daß sie nicht verloren gehen: so schreibt man solche ab, und versendet die Abschriften. Die Originale bewahrt man auf, um sie auf Begehren vorzuzeigen. Auch thut man wohl dabei, die gemachten Abschriften, a's dem Originale gleichlautend, von der Obrigkeit bescheinigen zu lassen.

NOTA. Quand il faut joindre à sa pétition des certificats ou autres pièces justificatives, qu'il est essentiel de ne pas perdre, on les copie et ce sont les copies que l'on donne; on garde les originaux pour les offrir à justification à la première demande. S'il est possible de faire attester par quelque autorité, conformes aux originaux les copies que l'on a tirées, on fait très-bien d'en prendre la précaution.

Man steht um Verminderung der Abgaben an. | Pour faire diminuer ses impositions.

An den Herrn Präfekten des Departements von....

Herr Präfekt,

Johann N***, wohnhaft zu......, nimmt die Freiheit, Ihnen vorzustellen, daß die Summe von......, zu welcher er angeschlagen ist, seine Hülfsquellen übersteigt, und ihm ein Irrthum in der Ausfertigung der Rollen zu seyn scheint, denn im vorigen Jahre erhob sich sein Beitrag zu den Steuern nur auf...., wie Sie dieß aus beiliegender Quittung des Empfängers ersehen können. Ueberdieß bringt sein zu.... liegendes Stück, für welches er angeschlagen ist, wegen seiner ungünstigen Lage nur ein Einkommen von......ein.

A Monsieur le Préfet du département d.....

Monsieur,

Jean N***, demeurant à....., prend la liberté de Vous exposer que la somme de..... à laquelle il a été imposé, surpasse ses moyens, et lui paroit une erreur dans la confection des rôles; car l'an dernier sa part des contributions ne s'élevoit qu'à la somme de...., ainsi que Vous le pourrez vérifier par la quittance du percepteur ci-joint. D'ailleurs son bien, sis à....., pour lequel il est imposé, ne rapporte, vu le désavantage de sa situation, qu'un revenu de.....

Unterzeichneter bittet Sie also, Herr Präfekt, seiner Bitte Gehör zu geben; das Zutrauen, welches er in Ihre Gerechtigkeit setzt, lässt ihn die Gewährung derselben hoffen.

Ich bin, Herr Präfekt, in einer Achtung

Ihr u. s. w.

Le susnommé Vous prie donc, Monsieur le Préfet, d'avoir égard à sa réclamation, et il se confie trop en Votre justice pour ne pas espérer qu'elle soit accueillie.

Je suis, Monsieur le Préfet, avec un profond respect,

Votre etc.

An den Kaiser.

An Seine Majestät den Kaiser der Franzosen, König von Italien, Beschützer des Rhein-Bundes, Vermittler des Schweizer-Bundes u. s. w.

Sire,

Eine betrübte Gattin wirft sich Eurer Majestät zu Füßen, um die Gnade ihres Man-

A l'Empereur.

A Sa Majesté l'Empereur des Français, Roi d'Italie, Protecteur de la Confédération du Rhin, Médiateur de la Confédération helvétique.

Sire,

Une épouse désolée se jette aux genoux de Votre Majesté, pour implorer la grâce de son

und zu erbitten, daß ein zwar gerechtes, aber zu strenges Urtheil zum Tode verurtheilt hat. Nach den Gesetzen war er strafbar, allein wenn Eure Majestät geruhen, den Prozeß in Ihrem Cabinetsrath zu übersehen, so hege ich die Hoffnung, daß Ihr Gefühl den mildernden Umständen nicht widerstehen werde. Die Milde ist die Tugend großer Fürsten, und als Eure Majestät sich bei Ihrer Thronbesteigung das Recht vorbehielten, Gnade zu thun, so zeigten Dieselben, daß Sie der schönsten Eigenschaft einer Krone nicht entsagen wollten, welche Dieselben sich durch Ihre Müh und die Wohlthaten erworben haben, womit Sie Ihr Volk überschütten.

mari, qu'un jugement équitable, sans doute mais trop rigoureux, a condamné à perdre la vie. Les loix ont dû le juger coupable: mais si Votre Majesté daigne examiner le procès dans Son conseil privé, j'ose espérer qu'Elle y trouvera des circonstances auxquelles Sa sensibilité ne résistera pas. La clémence est la vertu des grands princes; et lorsque Votre Majesté, en montant sur le trône, s'est réservée le droit de faire grâce, Elle a prouvé qu'Elle ne voulait pas renoncer au plus bel apanage d'une couronne, que Son courage et les bienfaits dont Elle comble Son peuple, Lui ont si justement acquise.

Sire, von Ihnen erwarten eine Mutter und drei Kinder, welche fast noch in der Wiege liegen, ihr Schicksal. Ein einziges Wort aus Ihrem Munde vereinigt sie mit der unzähligen Menge derjenigen, welche mit jedem Tage Ihren Namen segnen.

Ich habe die Ehre in tiefster Achtung zu seyn,

Sire,

Eurer kaiserlichen Majestät
unterthänigste und gehorsamste
Dienerin N....

An die Kaiserin.

An Ihre Majestät, die Kaiserin der Franzosen, Königin von Italien.

Madame,

Die Wohlthätigkeit ist vorn-

Sire, c'est de vous seul qu'une mère et trois enfant, presque encore au berceau, attendent leur sort. Un seul mot de Votre bouche va les réunir à la foule innombrable de ceux qui bénissent chaque jour Votre nom.

J'ai l'honneur d'être, avec le plus profond respect,

Sire,

De Votre Majesté Impériale
la très-humble et très-fidèle
sujette N....

A l'Impératrice.

A Sa Majesté l'Impératrice des Français, Reine d'Italie.

Madame,

La bienfaisance est re-

[German text in cursive script]

descendue sur la terre, et c'est Votre cœur qu'elle a choisi pour son trône. Dans cette heureuse assurance, une pauvre veuve chargée de quatre enfans en bas âge, ose supplier Votre Majesté de mettre un terme à sa détresse. Le ciel, en Vous plaçant au premier rang, a donné un appui au foible, une consolatrice aux affligés, une mère aux orphelins. Que pourrois-je ajouter de plus pour exciter la sensiblité de Votre Majesté, lorsqu'il est prouvé à chaque instant que tous ses vœux, tous ses efforts ne tendent qu'à faire disparoître le malheur de la surface de Son Empire.

9

Geruhen Sie daher, Madame, den traurigen Zustand, worin sich schuldlos versetzt findet diejenige, welche die Ehre hat, in tiefster Hochachtung zu seyn

Eurer kaiserlichen Majestät
unterthänigste und gehorsamste
Dienerin N......

An Ihre kaiserliche Hoheit, Madame, Mutter Seiner Majestät des Kaisers und Königs.

Madame,

Nach dem so großen Glücke, einen Sohn das Dasein gegeben zu haben, den das Weltall bewundert und Frankreich liebt, konnte das Herz Eurer kaiserlichen Hoheit keine süßere Wonne empfinden, als von

---

Daignez donc, Madame, prendre en considération l'état déplorable où se trouve plongée, sans qu'il y ait de sa faute, celle qui a l'honneur d'être avec le plus profond respect De Votre Majesté Impériale

la très-humble et très-obéissante
sujette N......

A Son Altesse Impériale, Madame, Mère de Sa Majesté, l'Empereur et Roi.

Madame,

Après le bonheur si grand d'avoir donné le jour à un fils qui est devenu l'objet de l'admiration de l'univers et celui de l'amour des Français, il ne pouvait y avoir de jouissance plus douce pour le cœur de

diesem würdigen Helden zur Mutter der Armen und Be- schützerin des Unglücks bei Sei- ner erlauchten Person ernannt zu werden.

Diese beiden Titel, Mada- me, welche Mutter und Sohn zugleich ehren, machen mich dreist, Ihre Wohlthätigkeit für eine unglückliche Hausmutter in Anspruch zu nehmen, welche im Begriffn ist, niederzukom- men. Gerade in diesem Au- genblicke, wo sie dem Staate einen neuen Unterthan schen- ken will, ist sie in großer Dürftigkeit. Ihr Ehegatte, ein arbeitsamer Mann von guter Familie, ward vor einigen Monaten durch einen Arm- bruch der Mittel beraubt, sei- ner Familie ferneren Unterhalt verschaffen zu können.

Votre Altesse Impériale, que d'être nommée, par ce digne héros, la mère des pauvres et la protectrice du malheur auprès de Son auguste personne.

C'est à ces deux titres, Madame, qui honorent à-la-fois et la mère et le fils, que j'ose réclamer Votre bienfaisance pour une mal- heureuse mère de famille; qui est sur le point de la voir s'accroître encore. Près de donner un nouveau su- jet à l'État elle est dans la plus affreuse détresse. Son mari, ouvrier laborieux et d'une classe estimable, vient d'être privé, il y a quelques mois, des moyens de pourvoir au besoin de sa famille, par la perte d'un bras.
*9

Bloß durch den Schuz Eurer
kaiserlichen Hoheit kann denselben der Unterdrückung entrissen werden. Da meine
Glücksumstände mir nicht erlauben, diesen Familien selbst
zu unterstützen, so komme ich
doch nicht umhin, ihr als Vor-
sprecher bei Eurer kaiserlichen
Hoheit zu dienen. So viel
Dreistigkeit kann sich nur auf
Ihren unzähligen Wohlthaten
und Freundnissen lieber stützen,
welcher die täglich bemerkt, sich zu
Beistande der Dürftigen bei den
hohen Personen zu verwenden,
welche, so wie Sie, von den Gaben des Glücks einen so edlen
Gebrauch zu machen wissen.

Ich habe die Ehre, mit der
tiefsten Hochachtung zu seyn,
Madame,

Eurer kaiserlichen Hoheit
unterthänigster und gehorsamster
Diener N....

Les bontés seules de Votre
Altesse Impériale peuvent
les arracher au désespoir.
Trop borné dans ma for-
tune, je n'ai pu leur promettre que d'oser être leur
intercesseur auprès de Votre Altesse Impériale. Tant
de hardiesse n'a été fondé
que sur le nombre de Vos
bienfaits, et sur le zèle
ardent qui Vous porte tous
les jours à exciter en faveur de l'indigence la charité des respectables personnes, qui, comme Vous,
savent faire un si bel emploi des dons de la fortune.

J'ai l'honneur d'être, avec
le plus profond respect,
Madame,
De Votre Altesse Impériale,
le très-humble et très-obéissant
serviteur N.....

An einen Prinzen der kaiserlichen Familie.

Zu Seiner kaiserlichen Hoheit dem Prinzen von.....

Gnädigster Herr,

Ich nehme mir die Freiheit, dem Schutze Eurer kaiserlichen Hoheit einen jungen Mann zu empfehlen, welchen das Glück nur von Seiten der Talente und der Erziehung begünstiget. Er schreibt und spricht trefflich verschiedene Sprachen und hat einen sehr angenehmen Umgang in Gesellschaften. Er wäre zu einem trefflichen Secretär zu gebrauchen, oder er könnte bei Kindern von guter Geburt als Hofmeister mit Ehren bestehen. Man darf denselben nicht nach seinem Aeußern beurtheilen; sein

A un Prince de la famille Impériale.

A Son Altesse Impériale, le Prince de.....

Monseigneur,

JE prends la liberté de recommander à la protection de Votre Altesse Impériale, un jeune homme que la fortune n'a favorisé que du côte des talens et de l'éducation. Il écrit et parle supérieurement plusieurs langues, et s'est toujours montré d'un commerce fort aimable dans la société. Il feroit un excellent secrétaire, ou pourroit s'acquitter avec honneur de l'emploi de gouverneur d'enfans de bonne famille. Il ne faut pas le juger sur l'écorce, son extérieur est excessivement simple, son abord très-timide, mais il gagne infiniment à être connu. J'ose me

Zinisserns ist sehr einfach, alleine bei näherer Bekanntschaft muß man ihn liebgewinnen. Ich schmeichle mir, daß Eurn Kaiserlich Hoheit, welche einiges Zutrauen in mich setzen, und welche so gerne das Verdienst aus der Dunkelheit hervorziehen, mir ein einen Vorwurf über eine Sache machen werden, in Betreff deren ich Ihre Gnade anflehe.

Ich habe die Ehre, in tiefster Hochachtung zu seyn,

Gnädigster Herr,

Eurer kaiserlichen Hoheit

unterthänigster und gehorsamste:
Diener N.....

flatter que *Votre Altesse Impériale, qui daigne m'honorer de quelque confiance, et qui se fait un bonheur, n'aura jamais de reproches à me faire sur le sujet pour lequel je sollicite ses bontés.*

J'ai l'honneur d'être, avec le plus profond respect,

Monseigneur,

De Votre Altesse Impériale,

le très-humble et très-obeissant
serviteur N.,,,,,

An einen franz. Prinzen, welcher
Großwürdner des Reichs ist.

An Seine Durchlaucht, den
Prinzen von.....

Gnädigster Herr,

Geruhen Sie, gnädigster
Herr, den Ausdruck meiner
Dankbarkeit für den Schutz
anzunehmen, den Euer Durchlaucht meinem Bruder angedeihen ließ, und wodurch derselbe in eine Stelle wieder
eingesetzt würde, die ein anderer vielleicht mit mehr Talent, aber nicht mit mehr
Eifer und Rechtschaffenheit
bekleiden könnte. Glauben
Sie nur, daß dieser neue Beweis der Güte Eurer hochfürst-
lichen Durchlaucht seinen Eifer
verdoppeln und er sich deren
würdig zu machen suchen wird.
Wen einem so mächtigen Schilde

A un Prince Français, Grand-Dignitaire de l'Empire.

A Son Altesse Sérénissime,
le Prince de.....

Monseigneur,

Daignez agréer l'expression
de ma reconnoissance pour la
protection que Votre Altesse
Sérénissime a bien voulu accorder à mon frère, et au moyen
de la quelle il a été réintégré
dans un emploi qu'un autre
pourrait exercer avec plus de
talent peut-être, mais non pas
avec plus de zèle et de probité.
Croyez que cette nouvelle marque
des bontés de Votre Altesse Sérénissime va redoubler son ar-
deur à s'en montrer digne. Cou-
vert d'une si puissante égide, il
n'aura plus à redouter l'intrigue
ni la calomnie. Votre cœur est
le siège de l'équité, et si Votre
aspect fait pâlir le méchant, il

...beschützt, wird er weder Neid noch Verläumdung zu fürch- ten brauchen. Ihr Herz ist der Sitz der Billigkeit, und wenn bei Ihrem Anblicke der Tödtwünscht erblaßt, so tröstet und beruhigt derselbe den Un- terdrückten, und wird für ihn die Morgenröthe des Glücks.

rassure et console l'opprimé, et devient pour lui l'aurore du bon- heur.

Mit den Gefühlen lebhafter Dankbarkeit wage ich es, mich in tiefster Hochachtung zu nennen, Gnädigster Herr,

C'est dans les sentimens d'une vive gratitude, que j'ose me dire, avec le plus profond respect,

Monseigneur,

Eurer Durchlaucht
unterthänigsten und gehorsamsten Diener N.....

De Votre Altesse Sérénissime le très-humble et très-obeissant serviteur N.....

An den Großrichter Minister der Gerechtigkeitspflege.

Au Grand-Juge Ministre de la Justice.

An Seine Excellenz den Herrn Großrichter Minister der Gerechtigkeitspflege, Her- zog von Massa und Carrara.

Gnädiger Herr,
Der sogenannte N***, gebo-

A Son Excellence Monseigneur le Grand-Juge Ministre de la Justice, Duc de Massa et Carrara.

Monseigneur,

Le nommé N***, natif de ....,

von aus......, Ingartimmut
......, befindet sich seit drei
Monaten in dem Gefäng=
nisse der Stadt...., weil man
ihn eines Diebstahls mit Ein=
bruch beschuldigt. Er wagt es,
Eurer Excellenz vorzustellen,
daß nichts so schmerzlich ist für
einen Unglücklichen, als unter
der Last einer falschen Anklage
zu seufzen, ohne daß ihm der
Tag der Rechtfertigung scheine.
Sein gutes Betragen bis zum
Augenblicke der Beschuldigung,
welche ihn ins Gefängniß
stürzten, die guten Zeugnisse
der rechtschaffensten Leute seiner Gemeinde, alles kann
für ihn zeugen.

Im Namen der unterdrück-
ten Unschuld und einer Familie, welche durch die Gefan-
genschaft ihres Oberhaupt=

département d......, se trouve
détenu depuis trois mois dans
les prisons de la ville de......,
comme complice d'un vol avec
effraction. Il ose représenter à
Votre Excellence qu'il n'est rien
de plus pénible pour un innocent, que de gémir sous le poids
d'une fausse accusation, sans
voir luire pour lui le jour de la
justification. Sa bonne conduite
jusqu'au moment de la dénon-
ciation qui l'a plongé dans les
fers, les bons témoignages des
personnes les plus probes de sa
commune, tout peut déposer en
sa faveur.

C'est au nom de l'innocence
opprimée, et d'une famille que
la détention de son chef prive
de ses moyens d'existence et re-

10

... ihrer Hülfsquelle beraubt und der Verzweiflung Preis gegeben ist, beschwört der Bittsteller Euer Excellenz, gütigst zu verordnen, daß derselbe sobald wie möglich vor Gericht vernommen werden. Seine Dankbarkeit wird der einsten Achtung gleich kommen, mit welcher er die Ehre hat zu seyn,

Gnädiger Herr,

Eurer Excellenz

unterthäniger und gehorsamster
Diener N.....

An den Polizei-Minister.

An Seine Excellenz, den Herrn Polizei-Minister, Herzog von Rovigo.

Gnädiger Herr,

Ich nehme mir die Freiheit, den Schutz Eurer Excellenz zu Gunsten eines ehrlichen preuß-

---

duit au désespoir, que le suppliant conjure Votre Excellence d'ordonner qu'il soit mis en jugement le plutót possible, sa reconnaissance égalera le profond respect avec lequel il a l'honneur d'être,

Monseigneur,

De Votre Excellence

le très-humble et très-obeissant
serviteur N.....

Au Ministre de la police.

A Son Excellence, Monseigneur le Ministre de la Police, Duc de Rovigo.

Monseigneur,

Je prends la liberté de réclamer la protection de Votre Excellence en faveur d'un honnête

...zigjährigen Greises in Anspruch zu nehmen, der keine Familie mehr hat, welche ihn in seinem Alter ernährt. Da er beinahe ganz brodlos ist und keine Wohnstätte mehr hat, so bleibt ihm weiter nichts als die Hoffnung übrig, Beides in einer jener Anstalten zu finden, welche die Menschenliebe für die dürftige Rechtschaffenheit gestiftet hat.

Das mitleidige Herz Eurer Excellenz wird sicher nicht abgeneigt seyn, eine Handlung der Gerechtigkeit und Menschlichkeit auszuüben. In dieser Hoffnung, und durchdrungen von den Gefühlen der Hochachtung, habe ich die Ehre, in tiefster Achtung zu seyn,

Gnädiger Herr,

Eurer Excellenz
unterthänigster und gehorsamster
Diener N.....

indigent sexagénaire, qui n'a plus de famille qui puisse le soutenir dans ses vieux jours. Près de se trouver sans pain et sans asile, il n'a d'espoir de trouver l'un et l'autre que dans un de ces établissemens fondés par la charité bienfaisante, pour le secours de la probité dans le besoin.

Le cœur sensible de Votre Excellence ne refusera pas, j'en suis certain, d'exercer un acte de justice et d'humanité. C'est dans cette espérance, et rempli de sentimens de la plus haute considération, que j'ai l'honneur d'être, avec le plus profond respect,

Monseigneur,
De Votre Excellence,
le très-humble et obéissant
serviteur N.

An den Polizei-Präfekten.

An den Herrn Staatsrath, Polizei-Präfekten, Reichsgrafen.

Herr Polizei-Präfekt,

Ich habe das Unglück, vor einigen Tagen meine Brieftasche zu verlieren. Vergebens ließ ich dieses durch den Anschlagszettel verkünden. Ich habe nichts mehr davon erfahren. Nebst der Unannehmlichkeit, zwei Bankzettel verloren zu haben, muß finde ich auch ihn, meines Passes beraubt zu sehen. Da ich in Paris fremd bin, so kann ich Ihnen keinen andern Bürgen stellen, als den Mann, bei welchem ich wohne, welcher einer der vornehmsten Handelsleute dieser Stadt ist, und welcher mich sowohl als meine Familie seit

Au Préfet de police.

A Monsieur le Conseiller d'Etat, Préfet de la police, Comte de l'Empire,

Monsieur le Préfet de police,

J'ai eu le malheur de perdre mon porte-feuille il y a quelques jours. Je l'ai vainement fait annoncer par les affiches: je n'en ai point eu de nouvelles. Outre le désagrément d'avoir perdu deux billets de banque, j'éprouve encore celui d'être privé de mon passeport. Etranger à Paris, je n'ai d'autre caution à Vous offrir que la personne chez laquelle je suis logé, qui est un des plus forts négocians de cette ville, et qui me connait, ainsi que ma famille, depuis nombre d'années. J'ai rempli toutes les formalités qu'exige la loi; et j'en joins les pièces à la présente. J'ose donc

vielen Jahren kennt. Ich habe alle Formalitäten erfüllt, welche das Gesetz fordert, und ich füge dem gegenwärtigen Schreiben die nöthigen Beilagen hinzu. Ich bitte Sie also recht dringend, Herr Präfekt, mir schleunigst einen neuen Paß ausfertigen zu lassen, und zu glauben, daß ich mit der größten Hochachtung verbleibe,

Herr Präfekt,

Ihr ehrfurchtsvoller Diener N.....

Vous supplie, Monsieur le Préfet, de me faire expédier promptement un nouveau passeport, et de me croire, avec la plus haute considération,

Monsieur le Préfet,

Votre très-respectueux serviteur N.

An den Präfekten eines Departements.

A un Préfet du département.

An den Herrn Präfekten des Departements von....

A Monsieur le Préfet du département d...

Wenn der Präfekt eines Departements zugleich Staatsrath ist, so muß man schreiben:

Lorsque le Préfet est Conseiller d'Etat, il faut écrire:

An den Herrn Staatsrath, Präfekten des Departements von.....

A Monsieur le Conseiller d'Etat, Préfet du département d...

Monsieur le Préfet,

EN vertu d'un arrêté pris par le conseil de Préfecture, pour la confection d'un chemin vicinal conduisant de ... (*tel endroit*) à ... (*tel endroit*), ma propriété éprouve une diminution de soixante-sept perches. Vos commissaires n'ayant évalué cette diminution qu'à cinquante perches, l'indemnité que la loi accorde se trouveroit portée à un cinquième de moins qu'elle ne doit l'être. Persuadé qu'il n'entre pas dans Vos intentions de soutenir une telle injustice, j'attends de Votre équité que Vous voudrez bien nommer de nouveaux commmissaires, qui prennent les intérêts du gouvernement sans léser les droits des particuliers.

Rechte der Privatpersonen zu verletzen.

Zu diesem Zutrauen, welches Ihr edles Entragen mir stets eingeflößt hat, habe ich die Ehre, in tiefster Hochachtung zu verbleiben,

C'est dans cette confiance que Votre noble conduite m'a toujours inspirée, que j'ai l'honneur d'être, avec le plus profond respect,

Herr Präfekt,

Monsieur le Préfet,

Ihr gehorsamster Diener N.....

Votre très-humble serviteur N.

I. Tableau comparatif de diverses Monnoies.

Rechnungsmünzen, Münzfuß, Wechsel der vornehmsten Handelsplätze.

Villes commerçantes. *Handelsplätze*	Monnoies. *Rechnungsmünzen.*	Titre de monnoies. *Münzfufs.* Le marc de Cologne contient. *Auf 1 köln. Mark fein gehen*	Lois de change. *Wechsel.* Usance. *Uso*	Jours de grace *Resp. Tag*
Altona . . .	(1 Rthlr 48 Schil. à 12 pf. spec. (1 Mark 16 Schil. à 12 pf. Kurr.	(9 1/4 Rthlr species (11 9/16 Rthlr kurr.	0	11
Amsterdam .	1 Fl. 20 Stüver à 16 pf. . .	24 3/8 Fl. kurr.	14 T. n. S.	6
Ancona . .	1 Scudo 20 Soldi à 12 Denari	9 52·4/5 Scudi od. 952 4/5 Bajoc.	15 T. n. d. A.	o
Antwerpen	1 Fl. 20 St. à 16 pf. (jezt wie Paris)	24 24/5 Fl. Wechselgeld . . .	14 T. n. S.	6
Augsburg .	1 Fl. 60 Kreuzer à 4 pf. . .	20 Fl. kurr. 24 Fl.Mz. od. 10 1/2	15 T. n. d. A.	1 — 8
Bamberg .	1 Fl. 60 Kreuzer à 4 pf. . .	24 Fl. oder 16 Rt. [Rt. Gir.		—
Barcellona	1 Libra 20 Sueldos à 12 Dineros	18 Libras	60 T. N. D.	14
Berlin . . .	1 Rthlr 24 ggr. à 12 pf. .	14 Rthlr kurr.	14 T. n. d. A.	3
Bologna . .	1 Lira 20 Soldi à 12 Denari	46 11/24 Lire W. G. 47 3/5 L. kr.	10 T. n. S.	o
Bourdeaux	1 Franc 10 Déc. à 10 Cent.	52 61/5 Fr. 80 Fr. f 81 Liv. tourn.	30 u. 90 T.	10
Botzen . .	1 Fl. 60 Kr. à 4 pf.	13 1/3 Rt. wien. f 14 Rt. tyr. kr.	0	o
Braun- schweig .	1 Rthlr 36 gr. à 8 pf. oder 1 Rthlr 24 ggr. 1 12 pf.	13. 1/3 Rthlr Konv. kurr.	14 T. n. d. A.	3
Bremen . .	1 Rthlr 72 Grot à 5 Schwar	13 1/3 Rthlr Konv. kurr. . .	14 T. n. d. A.	8
Breslau . .	1 Rthlr 30 Silbergr. à 12 pf.	14 Rthlr preufs. kurr.	14 T. n. S.	3
Cadix . . .	1 Real de pl. ant. 34 Maravedis	102 8/5 Real de pl. ant. . . .	60 T. n. D.	6
Cassel . . .	1 Rthlr 32 Albus à 9 pf. .	13 1/3 Rthlr Konv. kurr. .	14 T. n. S.	12
Cöln . . .	1 Rthlr 80 Albus (jezt wie Paris)	24 Fl. 16 Rt. f 25 Fl. 16 2/3 Rt.	30 T. n. D.	—
Danzig . .	1 Fl. 30 gr. à 18 pf. . . .	56 Fl. oder 18 2/3 Rthlr kurr.	14 T. n. d. A.	10
Erfurt . .	1 Rthlr 24 ggr. à 12 pf. .	14 Rthlr preufs. kurr. . . .	—	—
Florenz . .	1 Lira 20 Soldi à 12 Denari	62 Lire mon. buona	—	o
Frankf. a/M	1 Rthlr 90 kr. à 4 pf. (1 Fl. 60 kr.)	13 1/3 Rt. kur. od. 16 Rt. Mzval.	14 T. n. d. A.	4
Frankf. a/O	1 Rthlr 24 ggr. à 12 pf. .	14 Rthlr preufs. kurr.	14 T. n. d. A.	3
Genua . . .	1 Lira 20 Soldi à 12 Denari	62 3/5 Lire fuori B°.	1 — 3 Mon.	30
Hamburg .	1 Mk. 16 Sl. à 12 pf. Lüb. 1 Rt. 3 Mk	9 5/24 Rt. B°. od. 11 1/3 Rt. kr.	14 T. n. S.	13
Hannover .	1 Rt. 36 gr. 8 pf. f 1 Rt. 24 ggr. 12 pf.	12 2/9 Rt. Kasseng. od. 13 1/3 Rt	—	—
Hildesheim	1 Rthlr 36 mgr. à 8 pf. . . .	14 Rthlr preufs. kurr. [Goldv.	—	—
Königsberg	1 Fl. 30 gr. à 18 pf. . . .	42 Fl. oder 14 Rthlr preufs. kur.	14 T. n. d. A.	3
Konstantino- pel. . . .	1 Piaster à 100 gute oder 120 Kurr. Asper	26 1/2 Piaster	30 T. n. S.	—
Kopenhagen	1 Rthlr 96 Schil. oder 1 Rthlr 6 Mark à 16 Schil.	9 1/4 Rthlr spec. oder 11 1/3 Rthlr kurr.	0	8 — 10

Villes de commerce. Handelspläze	Monnoies. Rechnungsmünzen.	Titre de monnoies. Münzfuss. Le marc de Cologne contient. Auf 1 köln Mark fein gehen	Lois de change. Wechsel. Usance. Uso.	Jours de grace. Resp. Tag
Leipzig . . .	1 Rthlr 24 gr. à 12 pf. . . .	13 1/3 Rthlr Konv. kurr. . .	14 T. n. d. A.	0
Linz	1 Fl. 60 Kr. à 4 pf.	20 Fl. od. 13 1/3 Rt. Konv. kur.	14 T. n. d. A.	3
Lion	1 Franc 10 Déc. à 10 Cent.	52 6/f Fr. 80 Fr. ſ 81 Livr. tour.	30 u. 90 T.	10
Lissabon .	Rees oder 1 Crusade 400 Rees	8480 Rees	1/2 bis 3 M.	15
Livorno . .	1 Pezza 20 Soldi à 12 Denari	10 3/4 Pezze da otto	2 Monat	0
London . .	1 Pfund 20 Schil. à 12 pf. Sterl.	42 1/2 Rthlr oder 34 Mark kurr.	1 — 3 Mon.	3
Lübeck . .	1 Mark 16 Schl. à 12 pf. Lüb.	11 1/3 Rthlr oder 34 Mark kurr.	0	10
Lüneburg .	1 Rthlr 36 mgr. à 8 pf. . . .	12 2/9 Rt. Kg. od. 13 1/3 Rt. Gldv.	—	
Madrid . .	1 Real 34 Maravedis	102 4/5 Reales de pl. ant. . .	60 T. n. D.	14
Magdeburg	1 Rthlr 24 ggr. à 12 pf. . . .	14 Rthlr preufs. kurr.	14 T. n. d. A.	3
Mailand . .	1 Lira 20 Soldi à 12 Denari	47 ſ Lire. imperiale	8 — 60 T.	3
Malaga . .	1 Real de Vellon 34 Maravedis	193 1/2 Real. d. V. ſ 93 ſ Duc. C.	60 T. n. D.	14
Manchester .	1 Pfund 20 Schl. à 12 pf. Sterl.	42 1/2 Schil. Sterl.	1 — 3 Mon.	3
Memel . . .	1 Fl. 30 gr. à 18 pf.	42 Fl. oder 14 Rthlr preufs. kurr.	14 T. n. d. A.	3
Moskwa . .	1 Rubel 100 Kopeken	13 Silber- od. 25 3/5 Kpf. Rubel	0	3 u. 10
München .	1 Fl. 60 kr. à 4 pf.	16 Rthlr oder 24 Fl.	15 T. n. d. A.	1 — 8.
Naumburg	1 Rthlr 24 ggr. à 12 pf. . . .	13 1/3 Rt. oder 20 Fl. Konv. kur.	14 T. n. d. A.	0
Neapel . .	1 Duc. di Regn. 100 Grani	12 32 ſ Duc. di Regno	15 T. n. d. A.	0
Nürnberg .	1 Fl. 60 kr. à 4 pf.	13 1/3 Rt. W. Z. oder 16 Rt. Mz.	15 T. n. d. A.	6
Paris . . .	1 Franc 10 Déc. à 10 Cent.	52 6/f Fr. 80 Fr. ſ 81 Liv. tourn.	30 u. 90 T.	10
Petersburg	1 Rubel 100 Kopeken	13 Silber- od. 25 3/5 Kpf. Rubel	0	3 u. 10
Prag . . .	1 Fl. 60 kr. à 4 pf.	20 Fl. oder 13 1/3 Rt. Konv. kur.	14 T. n. d. A.	3
Regensburg	1 Fl. 60 kr. à 4 pf.	24 Fl. oder 16 Rthlr	15 T. n. d. A.	1 — 8
Reval . . .	1 Rubel 100 Kopeken	13 Silber- od. 24 3/5 Kpf. Rubel	0	3 u. 10
Riga	1 Thlr Alb. 90 gr.	9 3/5 Rthlr Alberts	0	3 u. 10
Rom . . .	1 Scudo Rom. 100 Bajocchi.	9 52 ſ Scudi oder 952 ſ Bajoc.	15 T. n. d. A.	0
Rostock . .	1 Rt. 48Sl. à 12 pf. od. 1 Mk. 16Sl.	11 1/3 Rthlr oder 34 Mark . .	0	6
Rotterdam	1 Fl. 20 Stüver à 16 pf. . .	24 3/8 Fl. kurr.	30 T. n. d. A.	6
Sevilla . .	1 Real de pl. ant. 34 Maraved.	102 8 ſ Reales de pl. ant. . .	60 T. n. d. D.	6
Smirna . .	1 Piaster 40 Para's à 2 u. 3 Asper	26 1/2 Piaster	30 T. n. S.	—
Stettin . .	1 Rthlr 24 ggr. à 12 pf. . .	14 Rthlr preufs. kurr. . . .	14 T. n. d. A.	3
Stockholm .	1 Rthlr 48 Schl. à 12 Oere Spez	9 3/32 Rthlr Spezies	1 Mon. n. S.	6
Stralsund .	1 Rthlr 24 ggr. à 12 pf. . .	12 4/9 Rthlr	1 Mon. n. A.	6
Triest . . .	1 Fl. 60 kr. à 4 pf.	13 1/3 Rt. oder 20 Fl. wien. kur.	14 T. n. d. A.	3
Ulm	1 Fl. 60 kr. à 4 pf.	24 Fl. oder 16 Rthlr	15 T. n. d. S.	1 — 8
Valenzia . .	1 Libra 20 Sueldos à 12 Dineros	12 8ſ Libras	60 T. n. D.	6
Venedig . .	(1 Lira 20 Soldi à 12 Denari	10 1/3 Duc. B°. od. 64 ſ15 Lir. B°.	50 — 60 T.	6
	(1 Duc. 24 Grossi à 12 Denari			
Wien . . .	1 Fl. 60 kr. à 4 pf.	20 Fl. oder 13 1/3 Rt. Konv. kur.	14 T. n. d. A.	3
Wirtemberg	1 Fl. 60 kr. à 4 pf.	24 Fl. oder 16 Rthlr	—	

II

II. Tableau comparatif de diverses Mesures.

Handelsgewicht, Längen= Getreide= und Weinmaaß der vornehmsten Handelsplätze.

Villes de commerce. Handelsplätze.	Poids. Handelsgewicht.		Mesures linéaires. Längenmaass.		Mesures de capacité pour le froment. Getreidemaass.		Mesures de capacité pour le vin. Weinmaass.	
	Gewicht von 1	in holl. Assen	Länge von 1	in franz. Linien	Inhalt von 1	in franz. Kubikz.	Inhalt von 1	in franz Kubikz
Altona . . .	Pfund . .	10080	Elle . . .	254	Scheffel . .	876⁶	Ohm	7300
Amsterdam	—	10280	—	306	Sack	4087	—	7680
Ancona . .	—	6988	Braccio .	284⁵	Rubbio . .	13764	Soma . . .	3456
Antwerpen	—	9790	Elle . . .	307⁸	Viertel . .	3867	Both. . . .	24320
Augsburg .	—	9836	gr. Elle .	270²	Metze . . .	1293⁵	Jetz	6912
Bamberg . .	—	10103	Elle . . .	300	Simmer . .	3931	Eimer . . .	3783
Barcellona .	—	8512	Vara . . .	350	Quartera .	3427	Corga . . .	5500
Berlin . . .	—	9740	Elle . . .	295⁵	Scheffel . .	2741	Ohm . . .	7424
Bologna . .	Lira . . .	7537	Braccio .	286	Corba . . .	3720	Corba . . .	3720
Bordeaux .	Kilogram	20827	Mètre . .	443⁴	Decalitre .	504	Decalitre .	504
Botzen . . .	Pfund . .	10426	Elle . . .	355³	Star	1541	Eimer . . .	2240
Braunschweig .	—	9716	—	253	Himt. . . .	1565	Ohm. . . .	7413
Bremen . .	—	10380	—	256⁴	Scheffel . .	3585⁶	—	7200
Breslau . .	—	8430	—	255³	—	3730	Eimer . . .	2800
Cadix . . .	Libra . .	9552	Vara . . .	375⁵	Cahiz . . .	2881	Arroba . .	794
Cassel . . .	Pfund . .	10114	Elle . . .	248⁸	Viertel . .	7196	Ohm . . .	8240
Cöln	Kilogram	20827	Mètre . .	443⁴	Decalitre .	504	Decalitre .	504
Danzig. . .	Pfund . .	9062	Elle . . .	254³	Scheffel . .	2452	Ohm . . .	5280
Dresden . .	—	9716	—	250⁹	—	5361	—	6796
Erfurt . . .	—	9728	—	249	—	2836	—	7274
Florenz . .	Lira . . .	7066	Braccio .	263⁴	Staja	1194	Barilo . . .	2100
Frankf a M.	Pfund . .	9716	Elle . . .	239²	Malter . .	5869	Ohm . . .	7440
Frankf. a. O	—	9750	—	295⁵	Scheffel . .	2741	—	7424
Genua . . .	Libra . .	7260	Palmo . .	119¾	Mina . . .	5885	Barilo . . .	3742
Hamburg .	Pfund . .	10080	Elle . . .	254	Fafs	2656	Ohm . . .	7300
Hannover .	—	10127	—	258	Himt . . .	1565	—	7840
Hildesheim	—	9716	—	248³	—	1307	—	7840
Königsberg	—	9747	—	296	Scheffel . .	2741	—	9218
Konstantinopel . . .	Rottel .	13275	Pik . . .	296⁶	Kisloz . .	1770	Ams	264
Kopenhagen	Pfund . .	10397	Elle . . .	278²	Tonne . . .	7013	Ohm . . .	7548
Leipzig . .	—	9716	—	250⁶	Scheffel . .	5361	Eimer . . .	3780
Linz	—	11655	—	355³	Metze . . .	3100	—	2852

Villes de commerce. / Handelsplätze.	Poids. / Handelsgewicht. / Gewicht.		Mesures linéaires. / Längenmaass. / Länge.		Mesures de capacité pour le froment. / Getreidemaass. / Inhalt		Mesures de capacité pour le vin. / Weinmaass. / Inhalt	
	von 1	in holl. Assen	von 1	in franz. Linien	von 1	in franz. Kubikz.	von	in franz. Kubikz.
Lion	Kilogram	20827	Mètre . .	443^4	Décalitre	504	Decalitre	504
Lissabon . .	Libra . .	9552	Vara . . .	484^5	Alquiera	681	Almuda .	844
Livorno . .	Lira . . .	7096	Braccio .	263^4	Staja . . .	1194	Barilo . .	2100
London . .	Pound .	9439	Yard. . .	405^3	Bushel .	1801	Pipe . . .	24066
Lübeck . .	Pfund . .	10059	Elle . . .	255^8	Scheffel .	1684	Ohm. . .	7300
Lüneburg .	—	10127		258	Himt . .	1565	—	7840
Madrid . .	Libra . .	9592	Vara . . .	375^9	Cahiz . .	2881	Arroba .	794
Magdeburg	Pfund . .	9750	Elle . . .	295^6	Scheffel .	2741	Ohm . .	7424
Mailand . .	Lira 50 Pf.	6700	Braccio .	260	Stara . .	872	Brenta .	3600
Málaga . . .	Libra . .	9592	Vara . . .	375^9	Fanega .	3056	Arroba .	794
Manchester	Pound .	9439	Yard . . .	405^3	Bushel. .	1801	Pipe . . .	24066
Memel . . .	Pfund . .	9747	Elle . . .	296	Scheffel .	2741	Ohm . .	9218
Moskwa . .	—	8512	Arschin .	315^4	Tschetwert	9808	Wedro .	640
München .	—	11680	Elle . . .	354^2	Scheffel .	11234	Eimer . .	1872
Naumburg	—	9716		250^6	—	5362	—	3824
Neapel . . .	Rotol . .	18545	Canna . .	936^6	Tomolo .	2579	Barilo . .	2220
Nürnberg .	Pfund . .	10600	Elle . .	292^4	Metze . .	1048	Eimer . .	3392
Paris	Kilogram	20827	Mètre . .	443^4	Decalitre	504	Decalitre	504
Petersburg	Pfund . .	8512	Arschin .	315^4	Tschetwert	9808	Wedro .	640
Prag	—	10706	Elle . . .	263^3	Metze . .	3100	Eimer . .	2852
Regensburg	—	11826	—	359^5	Vierling	3307	—	5720
Reval . . .	—	8960	—	235^8	Loof . . .	1988	Ohm . .	7200
Riga	—	8701	—	243		3285	—	7180
Rom	Lira . . .	7060	Canna . .	887^3	Rubbio .	13472	Barillo .	2281
Rostock . .	Pfund . .	10634	Elle . . .	256^4	Scheffel .	1790	Ohm . .	7300
Rotterdam	—	10297		306	Sack . . .	5030	—	7706
Sevilla . . .	Libra . .	9592	Vara . . .	375^9	Cahiz . .	2881	Arroba .	794
Smirna . . .	Rottel . .	11782	Picco . .	296	Quilot . .	1770		
Stettin . . .	Pfund . .	9750	Elle . . .	888^5	Scheffel .	2741	Ohm . . .	7424
Stockholm.	—	8843		263^2	Tonne . .	7386	—	7920
Stralsund .	—	10059		258^5	Scheffel .	1964	—	6570
Triest . . .	—	11690		284	Stara . . .	3735	Orne . .	3312
Ulm	—	9754		252	Mittle . .	2896	—	....
Valenzia . .	Libra . .	10791	Vara . . .	407^2	Cahiz . .	10077	Cantara .	573
Venedig . .	Lira . . .	9938	Braccia .	282^3	Sacco . .	6426	Bigoncie	7968
Wien . . .	Pfund . .	11656	Elle . . .	344^5	Metze . .	3537	Eimer . .	2988
Wirtemberg	—	9736	—	271^2	Simra . .	7835	—	13340

III. Nouveaux Poids, Mesures et Monnoies.

Vergleichungs-Tafel des neuen Gewicht= Maaß= und Münzsystems.

MESURES LINÉAIRES. (Längenmaaße.)	toises	pied.	pouc.	lin.
Myriamètre (ou lieue), 10000 mètres	5130	4	6	3,360
Kilomètre (ou mille), 1000 mètres	513	0	5	3,936
Hectomètre . . . . . 100 mètres	51	1	10	1,593
Décamètre (ou perche), 10 mètres	5	0	9	4,959
MÈTRE		3	0	11,296
Décimètre (ou palme), 10e. de mètre			8	8,330
Centimètre (ou doigt), 100e. de mètre				4,433
Millimètre (ou trait), 1000e. de mètre				0,443

MESURES AGRAIRES. (Landmaaße.)

Myriare, Kilomètre carré	263244,93 toises carrées. (Quadrattoisen).
Hectare (ou arpent), Hectomètre carré	2632,45
Are (ou perche carrée), Décamètre carré	26,32
Centiare (ou centième de perche carrée), mètre carré	0,26

MESURES DE CAPACITÉ. (Inhaltsmaaße.)

Kilolitre (ou muid), mètre cube	29,1793 pieds cubes. (Kubikfuss).
Hectolitre (ou setier)	2,9174
Décalitre (ou boisseau velte)	0,2917
Litre (ou pinte), décimètre cube	50,4124 pouces cubes. (Kubikzoll).
Déc litre (ou verre)	5,0412
Cent litre	0,5041
Millilitre, centimètre cube	0,0504

MESURES POUR LES BOIS. (Holzmaaße.)

STÈRE, mètre cube	29,1739 pieds cubes. (Kubikfuss).
Décistère (ou solive)	2,9174
Centistère	0,2917
Millistère, décimètre cube	0,0291

POIDS. (Gewicht.)

	liv.	onc.	gros.	grains.
Myriagramme	20	6	6	63,5
Kilogramme (ou livre), poids du décimètre cubique d'eau à 4d qui est le MAXIMUM de la densité.	2	0	5	35,15
Hectogramme (ou once)		3	2	10,72
Décagramme (ou gros)			2	44,27
GRAMME (ou denier), poids de centimètre cubique d'eau à la température de la glace				18,827
Décigramme (ou grain)				1,883
Centigramme				0,188
Milligramme, poids du millimètre cubique d'eau				0,019

MONNOIES. L'unité monétaire est une pièce d'argent du poids de cinq grammes, contenant un dixième d'alliage et neuf dixièmes d'argent pur; elle s'appelle FRANC, et se subdivise en décimes et centimes.

Les monnoies d'or contiennent ainsi que celles d'argent, un dixième d'alliage et neuf dixièmes de metal pur.

Die Einheit des Münzsystems besteht in einem Silberstücke, das fünf Grammes wiegt, neun Theile reinen Silbers und einen zehnten Theil Zusatz enthält, Franc genannt wird, und sich in Decimes und Centimes abtheilt. — Die Goldmünzen enthalten, so wie die silbernen, neun Theile reinen Goldes und einen zehnten Theil Zusatz.

Rapport du Franc à la Livre tournois et de la Livre tournois au Franc.

FRANCS.	LIVRES TOURNOIS.			LIVRES TOURNOIS.	FRANC.			
	Liv	Sous	Dén.	Liv.	Francs.	Décimes.	Centimes.	Millimes.
vaut				vaut				
1	1	—	3	1	0	9	8	7
2	2	—	6	2	1	9	7	5
3	3	—	9	3	2	9	6	3
4	4	1	—	4	3	9	5	0
5	5	1	3	5	4	9	3	8
6	6	1	6	6	5	9	2	5
7	7	1	9	7	6	9	1	3
8	8	2	—	8	7	9	0	1
9	9	2	3	9	8	8	8	8
10	10	2	6	10	9	8	7	6
11	11	2	9	11	10	8	6	4
12	12	3	—	12	11	8	5	1
13	13	3	3	13	12	8	3	9
14	14	3	6	14	13	8	2	7
15	15	3	9	15	14	8	1	4
20	20	5	—	20	19	7	5	3
30	30	7	6	30	29	6	2	9
40	40	10	—	40	39	5	0	6
50	50	12	6	50	49	3	8	2
60	60	15	—	60	59	2	5	9
70	70	17	6	70	69	1	3	5
80	81	—	—	80	79	0	1	2
90	91	2	6	90	88	8	8	8
100	101	5	—	100	98	7	6	5
500	506	5	—	500	493	8	2	7
1,000	1,012	10	—	1,000	987	6	5	4
1,500	1,518	15	—	1,500	1,481	4	8	1
2,000	2,025	—	—	2,000	1,975	3	0	8
5,000	5,062	10	—	5,000	4,938	2	7	1
10,000	10,125	—	—	10,000	9,876	5	4	3
20,000	20,250	—	—	20,000	19,753	0	8	6
30,000	30,375	—	—	30,000	29,629	6	2	9
40,000	40,500	—	—	40,000	39,506	1	7	2
50,000	50,625	—	—	50,000	49,382	7	1	5
60,000	60,750	—	—	60,000	59,259	2	5	9
70,000	70,875	—	—	70,000	69,135	8	0	2
80,000	81,000	—	—	80,000	79,012	3	4	5
90,000	91,125	—	—	90,000	88,888	8	8	8
100,000	101,250	—	—	100,000	98,765	4	3	2
200,000	202,500	—	—	200,000	197,530	8	6	4
300,000	303,750	—	—	300,000	296,296	2	9	6
400,000	405,000	—	—	400,000	395,061	7	2	8
500,000	506,250	—	—	500,000	493,827	1	6	0
1,000,000	1,012,500	—	—	1,000,000	987,654	3	2	1

Rapport de l'argent de France aux différents titres de monnoies étrangères.

Berechnung des französischen Geldes

gegen

Hamburger Cour., Convent.Münze. Preuss. Cour. und Reichsgeld.

(17 Guldenfuſs) (20 Guldenf.) (21 Guldenfuſs) (24 Guldenf.)

Französische Münzen.						Hamb. Cour.			ConvMünze			Preuſs. Cour.			Reichsmünze	
Fr.	Dec	Cent	Liv	Sols	Den.	Mk	Schl.	Pfg.	Rt.	Ggr	Pfg.	Rt.	Ggr	Pfg	Gnld	Kreuz
—	—	1	—	—	2^{43}	—	—	1^2	—	—	$\frac{192}{535}$	—	—	$\frac{284}{487}$	—	2
—	—	2	—	—	4^{86}	—	—	2^4	—	—	1^{195}	—	—	1^{281}	—	4
—	—	3	—	—	7^{29}	—	—	3^6	—	—	2^{58}	—	—	2^{178}	—	6
—	—	4	—	—	9^{72}	—	—	5	—	—	2^{250}	—	—	3^{75}	1	1
—	—	5	—	1	0^{15}	—	—	6^2	—	—	3^{183}	—	—	3^{439}	—	1^3
—	—	6	—	1	2^{58}	—	—	7^4	—	—	4^{116}	—	—	4^{336}	—	1^5
—	—	7	—	1	5^{01}	—	—	8^6	—	—	5^{49}	—	—	5^{233}	—	1^7
—	—	8	—	1	7^{44}	—	—	10	—	—	5^{441}	—	—	6^{130}	—	2^2
—	—	9	—	1	9^{87}	—	—	11^2	—	—	6^{174}	—	—	7^{47}	—	2^4
—	1	—	—	2	0^{30}	—	—	11^4	—	—	7^{107}	—	—	7^{431}	—	2^6
—	2	—	—	4	0^{60}	—	1	1^5	—	—	8^{40}	—	1	3^{375}	—	5^4
—	3	—	—	6	0^{90}	—	2	1^7	—	—	8^{330}	—	1	11^{319}	—	8^2
—	4	—	—	8	1^{20}	—	4	2^2	—	—	9^{163}	—	2	7^{263}	—	11^2
—	5	—	—	10	1^{50}	—	5	2^7	1	—	10^{98}	—	3	3^{207}	—	13^7
—	6	—	—	12	1^{80}	—	6	3^3	1	—	11^{31}	—	3	11^{151}	—	16^5
—	7	—	—	14	2^{10}	—	7	4^1	1	—	11^{223}	—	4	7^{95}	—	19^3
—	8	—	—	16	2^{40}	—	8	4^4	1	1	^{156}	—	5	3^{39}	—	22^1
—	9	—	—	18	2^{70}	—	9	5^6	1	1	1^{89}	—	5	10^{470}	—	25
1	—	—	1	—	3	—	10	5^6	1	6	2^{84}	—	6	6^{414}	—	27^6
2	—	—	2	—	6	1	4	11^3	1	12	4^{68}	—	13	1^{341}	—	55^4
3	—	—	3	—	9	1	15	5^1	1	18	6^{109}	—	19	8^{268}	1	23^1
4	—	—	4	1	—	2	9	10^6	1	—	8^{236}	1	2	3^{195}	1	50^7
5	—	—	5	1	3	3	4	4^4	1	6	10^{170}	1	8	10^{122}	2	18^5
6	—	—	6	1	6	3	14	10^1	1	13	^{204}	1	15	5^{49}	2	46^5
7	—	—	7	1	9	4	9	3^4	1	19	2^{238}	1	21	11^{463}	3	14^1
8	—	—	8	2	—	5	3	9^4	2	1	5^{13}	2	4	6^{390}	3	41^6
9	—	—	9	2	3	5	14	3^1	2	7	7^{47}	2	11	1^{317}	4	9^4
10	—	—	10	2	6	6	8	9	2	13	9^{81}	2	17	8^{244}	4	37^0
20	—	—	20	5	—	13	1	6	5	3	6^{162}	5	11	5^1	9	14^4
30	—	—	30	7	6	19	9	—	7	17	3^{243}	8	5	1^{245}	13	51^7
40	—	—	40	10	—	26	2	6	10	7	1^{65}	10	22	10^2	18	29
50	—	—	50	12	6	32	11	—	12	20	10^{146}	13	16	6^{246}	23	6^3

O

www.ingramcontent.com/pod-product-compliance
Lightning Source LLC
Chambersburg PA
CBHW060439260626
47161CB00005B/1991